書下ろし

なんてん長屋　ふたり暮らし

五十嵐佳子

祥伝社文庫

目次

第一章　甘え下手《べた》　5
第二章　ごねるは損　96
第三章　酸《す》いも辛《から》いも　173
第四章　別れの時　255

なんてん長屋の面々

せい
近所の料理屋・とくとく亭で働く、元菓子舗の女中。二十五歳でひとり暮らし。言いたいことをなかなか言えず、やきもきしがちな性格。

染《そめ》
せいが勤めていた菓子舗・俵屋《たわらや》の元主人。夫を早くに亡くし、店を一人で切り盛りし、三人の子を育て上げたしっかり者だったが……。

イネ
長屋の最古参。噂《うわさ》好きでお節介やき。夫は棒手振りの茂吉《もきち》で、間には子どもが三人。

たつ
十九歳。新婚で、魚市場で働く徳一《とくいち》といちゃいちゃぶりを見せつける。元煙草《たばこ》屋の娘。

ます
米や味噌《みそ》を借りても返してくれたためしがない。夫は瓦葺《かわらぶき》職人の佐五郎《さごろう》。幼い娘が二人。

道之助《みちのすけ》
独り者の絵師。〝後家殺《ごけごろ》し〟の異名を持つ色男。茂吉や徳一に女の扱いを教えるが……。

沢渡伊三郎《さわたりいさぶろう》
髭面《ひげづら》がむさくるしい浪人。仕官を目指し江戸に来たが、日雇い仕事で糊口《ここう》をしのぐ。

第一章　甘え下手《べた》

一

「今日は天ぷらかい？　具はなんだい？」

半纏《はんてん》、腹掛け、股引《ももひ》き姿の二人組は、小上《こあ》がりに腰をかけるなり、せいに尋ねた。三軒先の普請場《ふしんば》で働く大工だ。ここのところ、三日にあげず顔を見せる。

せいは湯呑《ゆのみ》を出しながらいった。

「めごちと小海老。めごちはぷりぷりですよ。丼物はあさりと葱《ねぎ》のぶっかけです」

「どっちもうまそうだな」

首にかけた手拭いで、赤銅色の顔と首筋の汗をつるりとぬぐい、男たちはあたりを見まわした。揚げたての天ぷらを口に入れるなり、飯をかきこむ者、どんぶりに口をつけ、音をたててぶっかけ飯を吸い込む者。旺盛《おうせい》な食欲が店内のあちこちでさく裂している。

「おいらは天ぷらにする」

もうひとりは、湯呑の麦茶をひと思いに飲み、首をひねる。

「……天ぷらもいいけどなぁ……おいらはあさりのぶっかけにするわ」

「かしこまりました。……天ぷら一丁、ぶっかけ一丁」

せいは、板場に向かって声をはりあげた。頭を姉さんかぶりにし、木綿《もめん》の単衣《ひとえ》にたすきをかけている。丸顔で、笑うと目が糸のように細くなった。『とくとく亭《てい》』と白抜きされた藍染《あいぞめ》の前掛けをきりっと結んでいる。

とくとく亭は湯島天神《ゆしまてんじん》の門前町《もんぜんまち》にある一膳飯屋《いちぜんめしや》だ。天神男坂《てんじんおとこざか》と妻恋坂《つまこいざか》の間の急な中坂《なかざか》に面している。この長い中坂をあがりきり、右に曲がると、湯島天神正面の鳥居が見えた。

昼の定食は二種類。日によって、主菜は煮魚だったり、焼き魚だったりする。それに小鉢が一品、漬物、味噌汁がついて、それぞれ四十二文である。昼の客の波が消えると、一度、店を閉め、夕方からまた暖簾《のれん》を上げる。

からりと揚がった天ぷらの衣はさくさく、ざっくり切った葱と共に味噌で煮込んだどんぶりのあさりは口の中でじゅわっとうま味が広がり、どちらもこたえられない。それぞれに、ひじきの煮物、きゅうりと茄子《なす》の糠《ぬか》漬け、豆腐とわかめの味噌汁、山盛りの飯が添えられている。

店主の岩太郎《いわたろう》は、柳橋《やなぎばし》の料理屋「滝山《たきやま》」で修業した腕のいい料理人で、女房のかつとともに九年前にこの店をはじめた。岩太郎は細身だが、かつは相撲《すもう》取りさながら肥えていて、混み合う店内を、ものを倒さず、人にぶつからずに動くのは難しい。というわけで、よほどすいているとき以外は、入口の帳場でどんと構えている。

「いらっしゃいましぃ」

この間にも、次々に客が入ってきて、店はすぐに客でいっぱいになった。職人から侍まで、風体《ふうてい》は様々だ。せいと共に、お運びをしているのはもうひとり、岩太郎のひとり娘のいとだった。

「おいとちゃん、今日もかわいいね。天ぷらひとつ頼むよ」

でれっと鼻の下を伸ばしていったのは、三十がらみで独り者のざる職人だ。

「ご飯、大盛りでしたか」

いとは十六で、昼だけ店を手伝っている。岩太郎に似て、ほっそりしているが、しゃべりかたはかつに似てしゃきしゃき。くりっとした目ははしっこそうに光っている。

「嬉しいね、おぼえていてくれたんだ」

「いつもごひいきにしてもらってますもん。天ぷら一丁！　ご飯は大盛りで！」

いとが奥に向かって叫ぶ姿を、男はうっとりと眺めた。十六の綿菓子のような娘に、倍の年の男が血道《ちみち》をあげたところで、どうにもならないのに、男とはこりないものだと、せいはそっと肩をすくめた。

「お待たせしました」

「姉さん、麦茶おかわり頼むよ」

天ぷらと丼を運んできたせいに、先ほどの大工が顔をあげて険のある声でいった。空《から》の湯呑に気が付かなかったのかとでもいうような表情だ。

「ただいま。お持ちします」

せいは薬缶《やかん》をとると、その男だけでなく、店内をまわり、あいている湯呑に麦茶を注いでまわった。

この店でせいが働きだしてまだ半月足らず。仕事にはだいぶ慣れてきたが、まだ勘所《かんどころ》はつかんでいない。

せいは十五の年から十年間、大店《おおだな》の菓子屋の女中として働いてきた。女中頭の指示のもと、座敷や廊下を掃除し、洗濯をし、朝昼晩の飯を調《ととの》えた。働くのはお手の物で、まして、お運びは誰でもできそうな簡単な仕事に思えた。だが、すぐに、そんなものではないことに気付かされた。

とくとく亭のような繁盛店のお昼時は、とんでもなく忙しい。狭い店内を早足で歩きまわらなければ、注文をさばけない。注文の順番や品物を間違えれば、気短な客がいきりたつこともある。体も頭もそれぞれ使いきらなければこなせるものではなかった。

夜は夜で、ばらばらの注文を間違いなく頭に叩き込み、さらに常連の客には多少のお愛想をいうのも、仕事の内だった。

せいが働きだすと、新しいお運びはどんな女だと、興味津々の男たちがつめかけ、好奇の目にさらされた。

——年、いくつ？　二十五？　へえ、見かけよりいってるね。

——出戻り？　じゃない？　いやいや、その年だからてっきり。

だが、すぐに騒ぎは潮がひくように落ち着いた。気が抜けるほどあっさりと。

鬼も十八、番茶も出花《でばな》。十代の娘には男のほとんどが頬《ほお》をゆるめて大騒ぎするが、せいはその限りではないのだろう。

せいは、女として自分はまあまあの部類だと思っている。

顔は人並みよりちょっと上。鼻は丸いが団子っ鼻とまではいえない。笑うと糸になる目には、色気がないこともない。人相見《にんそうみ》には男で苦労する眉だといわれた八の字眉だって、見ようによってはかわいらしい。

いくら客だとはいえ、立ち枯れたような爺《じい》さんやくすぶった男に、年増《としま》とか行かず後家といわれるのは、納得できない。

せいだって、二十五にもなってひとり身でいるとも思っていなかったし、ましてや奉公先を変わるなどと、想像もしていなかった。

せいが、先月まで働いていたのは、本所《ほんじょ》の菓子屋『俵屋《たわらや》』だった。先代の主《あるじ》は五年前に亡くなり、女房の染《そめ》と跡取り息子の松太郎《まつたろう》が力を合わせ、店を守っていた。

回向院《えこういん》の門前町にあって、俵形の最中《もなか》が人気の店だった。

だが、二十三の松太郎が幼なじみの保証人を引き受けたことが仇《あだ》になった。その男が金を持って姿を消してしまったのである。

――不本意ながら、店を閉じることになってしまった。申し訳ないが、皆、自分で身の振り方を考えておくれ。この通りです。

そういって、松太郎と、女将《おかみ》の染が、奉公人全員の前で深々と頭を下げたのである。

身の振り方といわれても、にわかにはどうしていいかわからない。

せいの両親はすでに亡く、子だくさんの兄は嫁の実家の近くの小石川《こいしかわ》の長屋に住み、姉は目黒《めぐろ》に嫁いでいた。藪《やぶ》入りのときだって、兄や姉の家で長居をするのは遠慮していたほど、どちらもかつかつの暮らしで、せいを引き受ける余裕などなかった。

これからどうしようと、途方に暮れていたところ、人づてに、かつて親兄弟と住んでいた、なんてん長屋《ながや》こと丸山《まるやま》長屋に空きがあると聞いた。自分にも帰る場所があったのだと思い出して、すぐに飛んで行って手付《てつけ》を打った。口入屋《くちいれや》から紹介された、長屋の目と鼻の先にあるとくとく亭のお運びの仕事は、渡りに船だった。

長い間、湯島に足を向けたことはなかったが、湯島天神の祭りや、神田祭《かんだまつり》を忘れたことはない。娘時代の楽しい思い出も甘酸っぱい思い出もぎっしり詰まった町が湯島だった。

せいが物心ついたころから、丸山長屋はなんてん長屋で通っていた。奥の突きあたり、鬼門《きもん》に当たる北東の角に南天《なんてん》があったからだ。大家が植えたものでも何でもなく、鳥が種を運んできたのか、いつのまにか芽が出たものを、誰かがその場所に植え替えたのか。南天は鬼門に植えておけば、難を転じ、火難を防いでくれるといわれている。もっとも、難点のある、がさがさした住人がそろっているので、なんてん長屋といわれることもあったが。

十年の間に、長屋の人のほとんどは入れ替わっていた。幼なじみも奉公に出たり、嫁に行ったりして、近所に親しく話す人も残っていない。

ただ棒手《ぼて》ふりの茂吉《もきち》と世話好きのイネ夫婦はなんてん長屋に変わらず住んでいた。十年の間に子どもが三人に増えたものの、面倒見のよさは相変わらずだ。

そうして、なんとか湯島での新しい暮らしになじんでいくと思いきや――。

「それじゃ、お先に」

昼の商いが済み、まかないを食べ終えると、いとは奥に引っ込んだ。とくとく亭は店の奥に茶の間、二階に二部屋というよくある表長屋の間取りである。せいも、前掛けをはずした。

「ごちそうさまでした。私も、失礼します。また夕方」

「ごろうさん。そいじゃね」

小上がりで、かつがごろんと横になる。大きな岩が転がったような音がした。

このままかつは夕方まで昼寝である。

時刻は八つ（十四時）過ぎ。これから七つ半（十七時）まで店は休み。

この間に、せいは湯屋で汗を流し、長屋に戻ってからはかつと同じく、大の字になって仮眠をとる。はずだった。

ところが、思わぬことが起きた。

せいがなんてん長屋に越して五日目、とくとく亭に通うようになってわずか三日目の朝のことである。

「おかみさん、ここでいいですかい」

「ああ、そのはず」

開けっ放しの油障子《あぶらしょうじ》を通して、聞き覚えのある声が響き、朝飯を食べていたせいの箸が止まった。

ひょいと戸口から覗いた顔を見て、せいは引っくり返りそうになった。

染だった。俵屋の女将さんである。馬面《うまづら》と面長《おもなが》のはざまのような長めの顔。鼻が高く、目はきりっと、そして大きめの薄い唇という男顔と美人の間で揺れているような顔だち。その目がなぜか光って見えた。

「おせい、元気そうだね」

「おかみさん、どうなさったんですか。こんなところに、こんなに早い時間に」

先日、俵屋を出てくるとき、染とは永《なが》の別れをしたはずだった。もう二度と、会うこともないだろうと、せいは涙までこぼした。

その染がどういうわけで、せいの長屋に来たのか。見当がつかない。

「ちょいと手伝っておくれ。あ、飯が済んだらでいいから」

「……手伝うって何を」

せいは膳をほったらかして外に出た。家の前に荷物を積んだ大八車《だいはちぐるま》が横付けされていた。大八車をひいてきたのは、俵屋で下男をしていた熊吉爺《くまきちじい》さんだった。熊吉は油が抜けたような顔でいう。

「おせいさんちだったのか、ここは」

「うん。そう」

「荷物を全部、中に入れておくれ」

染が熊吉に命じた。

「……いいんですか？」

「さっさとやっておくれ」

大八車から布団《ふとん》袋をおろしはじめた熊吉に、せいはささやく。

「熊吉さん、これ、どういうこと？」

「おれもさっぱりわからなくて……おかみさんから昨日荷物運びを頼まれただけなんで」

熊吉は布団に続いて、長持《ながもち》、小簞笥《こだんす》を、せいの長屋に運び入れた。

もしかして、染はこれらのものをせいにくれるつもりで、わざわざ届けに来てくれたのだろうか。長屋には不釣り合いなほど、長持も小簞笥も立派なものだ。

小簞笥も、長持も重そうで、中身がはいっているとわかる。

とするど、着物やら小物も、染は自分に譲《ゆず》ってくれるつもりなのだろうか。実の娘をさておき、ただの女中に過ぎなかった自分に、染が大事な着物をくれる？

最後まで残っていた女中だから？　困惑の中に、わくわくする気持ちがほんのちょっと入り混じっていたせいに、染が振り返った。

「しばらくの間、世話になりますよ」

何をいわれているのか、すぐに理解できなかった。

誰が誰の世話になるって？

「えっ？　あの、ど、どういうことで……」

「ここに住むということですよ」

「ど、どなたが」

「この私がです」

「ここ、私の家ですが」

「私も住むんです」

「なんで、私の家に……」

「決めたんです」

「……何も聞いていませんけど」

「そりゃそうだ。今、はじめて打ち明けたんだから。びっくりさせてすまなかったね」

それが本当なら人が悪いにもほどがある。かつての主が、奉公人の長屋に転がり込んでくるなど、聞いたことがない。

「娘さんのところにいらしたんじゃなかったですか」

染には娘がふたりいる。長女の初《はつ》は本所の大きな八百屋に嫁ぎ、次女の里《さと》は本所の大工の頭領の息子に嫁いだ。どちらも裕福で、それぞれ孫も生まれ、安泰である。

俵屋でせいが過ごした最後の日、初が染を迎えに来た。それを松太郎とともに見送り、せいは俵屋を後にしたのだ。

「あそこは姑《しゅうとめ》と同居していて、とても一緒に暮らせるものじゃなくってね」

だからって、なんで自分なのか。娘はもうひとりいる。息子の松太郎もいる。それがだめでも、親戚やらなにやら、他にいそうなものではないか。

百歩譲って、女中の家に行くにしても、どう考えてもせいのところではないだろう。せめてもっと古株の女中のところではないか。

染のお気に入りで、幅をきかしていた先輩女中ふたりの顔がせいの脳裏《のうり》に浮かんだ。店を閉じることが決まると、そのふたりは早々に暇《いとま》を願い、去っていった。他の女中も次々にいなくなった。

最後まで残ったのが、たまたませいだった。

せいは特に、俵屋に義理を感じていたわけではない。染からかわいがられた覚えもない。うろうろおろおろしている間に、染たちの世話をする女中が他にいなくなり、やめるといいだしにくくなって、残ってしまったというだけの話だ。

せいにはそういう要領が悪いところがある。

「おかみさん、ここ、九尺長屋ですよ。入ったら、すぐ突きあたり。四畳半しかないんです。数歩歩いたら、もう縁側、外なんです。壁はうすっぺらで、声が筒抜けな上、隙間だらけで、いいのは風通しだけ。大風がふいたらガタガタきしむし、雨が降れば、油障子の外は泥沼。おかみさんが住むところじゃないですよ」

四畳半に一畳半分の土間、それぽっきりの長屋である。家族ならともかく、元主と一緒に暮らすなんて、どう考えてもおかしな話だ。

「起きて半畳、寝て一畳、天下とっても二合半といいますから、狭いのは我慢しますよ」

せいの口から思わず、ため息がもれ出た。染に狭いといわれる筋合いはない。ましてや我慢していただかなくてもいい。お帰りいただければそれでいい。

熊吉は空《から》になった大八車の前で、口を出すわけでもなく、居心地悪そうにしている。

「おかみさんをこんな狭いところに住まわせるわけにはいきません」

「いいんだよ。私がいいっていっているんだから、おまえが気にすることはないよ」

話がねじくれている。またため息が出そうになった。

せいは兄と姉とは年が離れていたうえ、親は祖父母といっていい年だった。「末っ子は三文安い」といわれるが、親が年をとっているので、早くに親と別れるだろうからと、しつけは厳しかった。

耳にタコができるほど、「人に迷惑はかけるな」「目上のいうことは聞け」「我慢が肝心」といわれて育った。そうして、甘え下手《べた》の、世渡りがいまひとつの娘ができあがったのだ。

人に言われたことは、いやといわずに、ちゃっちゃとやる。けれど、自分自身で考え行動しようとすると、不安になってしまう。自分なんかが、ほんとにそうしていいのか、と。

「あの、お里さんのところは？」

「あそこも同居で、とてもとても」

「松太郎さんは？　松太郎さんとご一緒にお住まいになられたら……」

「松太郎は逐電《ちくでん》しました」

染はぴしゃりとせいの言葉をさえぎった。

「逐電？　ええーっ？」

「家を明け渡す手続きを済ませると、姿を消してしまった……。どこにいってしまったのやら」

初と一緒に家を出る染を、あの日、せいは店の前で松太郎とともに見送った。

母親も去り、家には何もなくなった。座布団ひとつも残っていない。

がらんとした家を見まわしていた松太郎に、意を決して、せいはいった。

――そろそろ私もお暇《いとま》いたします。

――最後まで残ってくれて助かった。おかげで、おっかさんも気丈《きじょう》でいてくれた。おせいのおかげだ。

あの日松太郎は寄る辺《べ》のないような顔をしていた。大店の後継ぎとして生まれ、その店を継ぐために他店での厳しい修業もし、いざ自分の店でがんばろうと実家に戻った矢先に、自分の不始末のために店を失った。後悔と絶望が入り混じった表情が、若い顔に深い影を落としていた。

松太郎はふっと口元だけで笑って、店を見まわした。

――これから、この店屋敷を買った浅草《あさくさ》の大店の番頭がやって来る。そしたら、こことも、本当にお別れだ。

あの松太郎がいなくなった。

「どこに行ったのやら……せめて私だけにでも行き先を教えてくれたらよかった

のに。……まさかってことはないよね」

「そんな縁起でもない」

「心当たりのところは全部まわってみたけど……」

すべてが終わったとき、松太郎はふと逃げたくなったのだろうか。

松太郎が落ち込んでいたのをせいは知っている。けれど、最後の最後に、松太郎は工房の棚においてあった俵屋の最中の型を手に取った。じっと見つめ、やがてそれを身のまわりの品を包んでいた風呂敷に入れた。まるでそれが明日へのかすかな希望であるかのように、そっと。

「松太郎さん、お菓子作りを続けるつもりだと思います。俵屋の最中を、きっと」

染がかすかにうなずいたような気がした。

やがて染は顔をあげた。弱気は表情から吹き飛んでいた。

「お邪魔かね」

ものすごくお邪魔である。でも、目に入れても痛くない息子がいなくなった悲しみに耐えているであろう染に、断りを入れることができない。

せいが押し黙ったその一瞬を縫って、染は続ける。

「大丈夫。長屋が狭いってのは、わかってますから」

染の荷物が運び込まれた部屋はさらに手狭になった。

「熊吉、おまえが手伝ってくれたおかげで助かった。もうひとつ頼んでいいかい？」

「なんでしょうか」

「畳屋で畳を一畳、買って来ておくれ。板の間は堅いから」

染は胸元から巾着《きんちやく》を出して、熊吉に金を渡す。

「おかみさん、ちょっと多いですよ」

「残りはとっておいておくれ」

「いやいや、受け取れません。大変な時に」

「このくらいは大丈夫」

熊吉は駄賃をおしいただくと、せいに向き直った。

「ひとっ走りいってきますさぁ。おせいさん、おかみさんのこと、よろしくお願いします」

せいが答えられずにいると、熊吉は念を押すようにもう一度いった。

「これでひと安心だ。おせいさん頼みましたよ」

開けっ放しにした油障子から顔だけ出して、あるいは井戸端で気配を消して、長屋の面々が、なりゆきをそっとうかがっていた。

「あの……おせいさん、働きに行かなくていいのかい？　もう時刻じゃないのかい？」

井戸端で様子を見ていたイネがたまりかねたようにいった。せいは、はっとして染に向き直る。

「おかみさん、私、仕事にいかないと」

「はい、いってらっしゃい。気を付けてね」

すました顔で染がいった。

その日、せいはお運びをしながらも、染のことが頭を離れなかった。そのせいか、麦茶をひっくり返したり、注文を間違えたり、さんざんだった。

昼の仕事を終え、長屋に戻るせいの足取りは重かった。

荷物を運び込んだものの、やはり女中の長屋に住むなんてできないと、染が出ていくのではないか。そうであってほしいと願いながら、せいが長屋に戻ってくると、おかみさん連中がほくほく顔で取り囲んだ。

「たいしたもんだねぇ、大店の女将さんだった人は、ご挨拶《あいさつ》も丁寧で」

染はイネをはじめとする長屋の連中に、手回しよく、引っ越しの挨拶の手拭いを配り、「しばらくおせいのところに身を寄せることになりました、俵屋のお染でございます」と頭を下げてまわったという。おかみさん連中はすっかり、手拭いに丸めこまれていた。

染は熊吉に買ってこさせた畳の上に麻の座布団を敷いて座り、背筋を伸ばしていた。

「お帰り。おなかがすいたねぇ。蕎麦《そば》でも茹《ゆ》でてもらおうか」

いいたいことがあっても、せいはなかなか口にできない性分《しょうぶん》だが、これには我慢できなかった。

「おかみさん、急に転がり込んできて、おなかがすいたって……私は昼と夜はとくとく亭でまかないを食べてくるんで、家じゃ朝だけしかご飯をつくらないんですよ。この時分は、湯屋に行ったり、夕方からの勤めにそなえて昼寝をしたりしたいんです」

自分でもきつい口調だと思ったが、染は拍子抜けするほどけろりと言い返した。

「あ、そうなのかい。わかりましたよ。そうそうこれ」

染は懐《ふところ》から、半紙に包んだものをせいに差し出した。長屋の借り賃月六百文の半分と、米代を染は払うという。イネたちから借り賃も聞き出したらしい。

「私だって俵屋の奥を取り仕切っていた女ですからね。おまえに迷惑をかけはしませんよ」

そこにそうして座っていられるだけでも迷惑なのだが……。

「昼飯はどうなさるんですか」

「朝さえちゃんと食べれば、なんとかなりますよ」

「ほんとに、ここに住むと決めたんですか」

「そういっているじゃないか。この時刻、おせいは湯屋に行くんだろ。だったらさっさと行ってきなさいな」

以来、染はせいの長屋に大きな顔で鎮座している。

二

数日後、昼の仕事から戻ると、差配人の光三郎《こうざぶろう》を囲むようにして、井戸端におかみさん連中が集まっていた。

「あ、おせいさん、帰ってきた。差配人さん、話を進めとくれ」

長屋の最古参のイネが促して、光三郎が話し出す。

話とは、十日後の井戸浚《さら》えの件だった。

七月七日のその日、江戸《えど》ではいっせいに井戸の大掃除が行なわれる。井戸の化粧側（地上に出ている部分）をはずし、住人が総出で、下に大桶《おおおけ》をおろし、井戸の水を七割ほど汲み干す。最後に、井戸職人が井戸に下り、中を洗い、底に溜まったものを拾い、すっかりきれいにして、化粧側を元通りに取り付けて終了。お神酒《みき》と塩をお供えするという段取りだった。

「井戸職人が来るのは何時頃？」

「五つ半（九時）だ。多少前後するかもしれないが。その時間に職人をつかまえるのは大変だったんだ。なにしろこの日は、ひっぱりだこだからな」

得意げに小鼻をひくつかせていった光三郎の肩を、イネは太い腕でぺしっとたたいた。

「でかした、差配人さん。去年みたいに夕方なんてことになったら、職人を替えてもらおうと思っていたんだよ」

去年の井戸浚えでは、待てど暮らせど、職人がやってこず、長屋じゅうがしびれを切らせて、光三郎はつるし上げかけられたらしい。

「去年は迷惑をかけたから、他の長屋に先駆けてこっちに来てもらうことにしたんだよ」

「毎年、この調子で願いますよ。……としたら、こっちは余裕を見て明け六つ半(七時)あたりから水汲みを始めればいいか」

「十分だな」

「それはそうと差配人さん、この機会に井戸の屋根を取り換えてくれないかね。雨漏りがひどくなっちまって、みんな困ってるんだよ」

イネが井戸の屋根を見あげる。屋根板の一部が欠けていて、そこから青空が覗いていた。

「板をうちつけてやりすごせばいいじゃないか」

「当座の雨はそれでしのげても、このままだと大風がふいたら屋根ごと吹っ飛んじまうよ」

「大家がなぁ、出すものは舌だっていやだという口だからね。まあ、いってはみるが。まずは井戸浚えだ。お神酒は当日、届けるよ」

「ちょっと奮発しておくれよ。のんべえ連中が楽しみにしてるからさ」

「そうそう。お神酒があれば、うちの人、がんばるから」

たつがくしゃっと笑った。たつは魚市場で働く徳一《とくいち》と祝言《しゅうげん》をあげたばかり。まだ十九と二十の若い夫婦だった。

話を終えて、部屋に戻ると、染は正座していた。

「ここの長屋は話が筒抜けだね。いっせいに井戸浚えだって、この暑いのに大変なことだ。そう考えると井戸があるのもよしあしだねえ。向こうじゃ水は買うものだったからね」

俵屋があった本所は水が悪く、井戸水など飲めたものではなかった。

「ところ変われば品変わるといいますからね。おかみさん、これ、ひじきの煮物。店の旦那さんが」

「あ、そう。そこにおいといておくれ。ほんと、いい人だね」

ふっと口元を緩めて染はいった。

とくとく亭の岩太郎とかつは、せいと染が同居しはじめたことを知ると、元の主の面倒を見ているのはえらいと盛大にせいをほめて、毎日一品か二品、残りものをもたせてくれるようになった。

染になんとか早く出ていってほしいせいにとっては正直、ありがた迷惑なのだが断れば角がたつ。岩太郎夫婦は、困った人を見つければ追いかけて行っても、面倒を見るような情に厚い性分なのだ。

いつも通り、湯屋に行き、さっぱり汗を流して長屋に帰ってきたところで、せいはたつに止められた。

「ちょいと。あのばあさんによけいなことというなって、一本、釘《くぎ》をさしといておくれよ」

いきなり、口をとがらせて、たつは硬い声でせいにいった。

たつは近所の煙草《たばこ》屋の娘で、徳一と一緒になった今も、昼まで実家で店番をしている。徳一は魚市場に暗いうちに働きに出ていき、ちょうど今時分に、帰ってくる。

つい先ほど、帰ってきた徳一に、たつが「お帰りぃ」と抱きつくと、染が戸口から顔を出し、一喝したという。

――はしたない。人前でそういうことは、およしなさい。

たつは、そんなことをいわれて黙っているような女ではない。

――大店のおかみさんだったか何だか知らないけど、何がはしたないっていうのよ。

――いいじゃねえか。ばあちゃんは俺たちに妬《や》いてるのさ！

徳一はへらへらと笑った。糠《ぬか》に釘である。もちろん、染もひるんでなどいない。

――とにかく節度をわきまえてくださいな。

そういって、染はぴしゃりと油障子を閉めたという。

確かに、たつと徳一はべたべたし過ぎだ。いつもくっついていて、こそこそ耳打ちしたり、くすくす笑ったり嬌声《きょうせい》をあげたりもする。

せいだって、このふたりはやり過ぎだとは思う。だがそんなことに、気持ちをざわつかせていると、人には絶対に知られたくない。だから、いつも見て見ぬふり、せいは表情を消して通り過ぎる。

「それはどうもすみませんでしたね」

「何にもしないで、ばあさんは日がな一日、長屋にいるんでしょ」

「自分の洗濯くらいは、やってるみたいですけど」

「料理をしているのも見たことないって評判よ」

「料理はしないですね」

「まだ動けるんだから働いてもらえば。糊《のり》売り、針《はり》売り、洗濯屋、丈夫そうだからなんでもできるよ。退屈だから、人のことが気になるのよ」

　たつと徳一の件は、それだからではないが、「ですかねえ」とせいはあいまいにうなずいた。すると、たつはせいの耳元に口をよせた。

「ねえ、あんた、ばあさんとどういう関係なの？　ばあさん、すごくえらそうじゃない」

「私はあちらの女中だったんですよ」

「あいつにかわいがられていたの？」

「いや特に」

「だったら、なんで一緒に住んでるのよ」

「私が聞きたいくらいですよ」

「女中の長屋に、主だったばあさんが転がり込むなんて聞いたことがない」

「私だってですよ」

　よくぞわかってくれたと思いつつ、たつに理解されたところでしょうがないとふっとため息をついたせいの腕を、たつはぱんとはたいて、親しげにいう。

「おばさん、しっかりしなよ。ばあさんにいいようにされるんじゃないよ」

　六つ下のたつにおばさんといわれて、せいは一瞬、言葉に詰まった。

「余計なことはいわないようにいっておきますけど」

「頼んだよ」

「そちらさんも適当になさってくださいね」

このひとことを付け加えたのは、わずかながらも一矢報《いっし》いたかったからだ。

十代の娘というのは、自分だけが若く、あとは盛《さか》りを過ぎたおばさんとばあさんばかりだと思っている。あと数年もすれば、たつだって無作法な娘から、おばさんと呼ばれるかもしれないのに。

せいが口にする前に、染はたつと徳一の話を切り出した。今日も染は座布団の上にきちんと座っている。せいがいないときには、出歩いてもいるようだが、たつがいうように染が退屈しているのは間違いなさそうだった。

「まったく、長屋の連中は」

「ここは、木戸を入れば家みたいなものなんで、ちょっと目こぼししてやってくださいよ」

「盛りがついてるのかねえ。この間なんて、井戸端でくすぐりあってきゃあきゃあいって。そばにおイネさんとこの子どもたちがいたのに」

「おかみさんのいうことはごもっともですけど、そこを曲げてお願いします」

せいは頭を下げた。なんで自分がと思いつつ。

そのとき、外からたつの声が聞こえた。

「で、いつ返してくれるの」

「米をお借りしたことは忘れちゃいませんよ。忘れるもんですか。本当にありがたかったもの。でも、もうちっとだけ待ってくださいな」

下手《したて》に出ているのは瓦葺《かわらぶき》職人・佐五郎《さごろう》の女房のますだ。

「いつも返す返すっていうだけで、返してくれたためしがないじゃないか。もう八升（約十二キロ）にもなっているんだよ」

たつの勢い込んだ声に、「おかあちゃん」と不安そうな女の子の声が重なった。ますの娘のつるか。いや、かめか。そのどっちかだ。

しかし、八升とはまた借り込んだものだ。

「びっくりさせてすまなかったね。ああ、泣かなくていいんだよ。安心おし。おたつさんは本当は悪い人じゃないんだから。肝が縮んだかい。ちっとばかり声が大きいだけなんだ。ああ、怖かったよね。わかるよ。かあちゃんも怖かったもの。よしよし」

米を借りて返さないのはますなのに、まるでたつが悪いと言わんばかりだ。

「おたつさん、とにかく今日のところは勘弁してくださいな。ない袖《そで》はふれないってもんで」

「耳をそろえてきちっと返してもらうまで、私は何度でもいわしてもらうからね」

「あ〜、はいはい」

たつがますの家の油障子をぴしゃんと閉める音がした。

「まったく、こんなくだらないことで口論するなんてねえ。長屋というものは」

いやいやをするように顔を横にふった染に、せいは膝《ひざ》を進めた。

「おたつさんが怒るのも、もっともなんです。おますさんは、あちこちに米や味噌を借りては知らんふりをくり返してるらしくて。おますさんが何かを借りに来たら、気を付けろって、おイネさんが」

「……今日、おますさん、米を借りに来ましたよ」

「それで?」

「貸しましたよ。困った様子だったから一升ばかり。二、三日できっと返すっていってたし。でもあの様子じゃ、返してくれそうにないわね」

がくっと、せいの肩が落ちた。

「おかみさん、明日からはきっちり断ってください。あの人は貸してくれた人は逃さないって」

「おせいったら、おかしな言い方して……貸せないっていったらしまいでしょうが」

「米をもぎとるためなら、子どもにも芝居をさせるは、嘘泣きも平気でするそうで」

「へえ、一度見てみたいもんだね」

「何をいっているんですか。そういう人に限って、気が付いたら、おますさんの手の中で転がされちまっているって、おイネさんがいってました」

「まったく生き馬の目を抜くようなところだね、ここは」

染はふうっとため息をついた。すかさず、せいはいう。

「おかみさんが住むようなところじゃないんですよ」

さあ、おかみさん、出ていくといってくれ。娘の家の近くに仕舞屋《しもたや》でも借り、静かに暮らすよといってくれ。

だが染の口から出てきたのは、「母子《おやこ》のお芝居、楽しみだねえ」だった。

三

井戸浚えの日、とくとく亭は昼と夜の間の休みを返上して、店を開けた。井戸浚えが終わると、どの長屋でも酒とおにぎりがふるまわれる。だが酒呑みはそれでは足りずに町に繰り出す。そうした客のため、とくとく亭は、この日は定食は休み、昼から酒と肴《さかな》を提供していた。

「おせいさん、もう一本」

イネの亭主の茂吉が空になったちろりを持ちあげていった。隣には、たつの亭主の徳一、絵師の道之助《みちのすけ》、浪人の沢渡《さわたり》伊三郎《いさぶろう》と、なんてん長屋の男どもがそろって、いい調子になっている。

ちなみに、なんてん長屋は、木戸を入って、右側に三軒の割長屋、まん中に井戸と厠《かわや》、そして左側に三軒同士が背を合わせている棟割長屋が並んでいる。せいの家は右側の割長屋で、木戸にいちばん近い。隣は浪人の伊三郎、その隣はケチで借りたものは返さない、ますと佐五郎夫婦とふたりの娘が住んでいた。

左の棟割長屋は、入口に近い順に、たつと徳一、イネと茂吉と三人の子ども、絵師の道之助で、その裏にも似たような家族が暮らしていた。

酒呑みのことで、近所の噂から、仕事の愚痴、金がないことまで話が行ったり来たりするが、みなが笑顔になるのはやはり下世話な話だった。

「よかったのかい？　井戸浚えの手伝いに行ってやらなくて」

せいが追加のちろりを持っていくと、茂吉は道之助の猪口《ちょこ》に注ぎながら小指を立てた。茂吉は魚を売り歩く棒手ふりで、真っ黒に日焼けしている。

「道之助さんのいい人、男手がなくて困っていたんじゃないのかい？」

徳一もにやりと笑って、道之助を窺《うかが》うように見た。

道之助は、二十代半ば。長屋に置いておくのがもったいないほど男前だった。目鼻立ちは涼しげ、立ち姿もすっきりしている。

――この長屋で気を付けなきゃなんないのは、おますさんの借りまくりぼったくりと、道之助さんの女癖だよ。あちこちに、そりゃあたくさん女がいるらしくてね、道之助さん、別の名を、後家殺しっていうんだよ。

――後家殺し？

――おせいさんは独り者だから、狙われないようにね。

引っ越してすぐに、イネはいの一番にせいにこういって釘をさしたのだ。

後家殺しなのかどうかは、現場を見たわけではないが、道之助は役者にしてもいいほど美丈夫《びじょうぶ》な上、まめで、あたりの柔らかな男だった。いつもにこにこしていて、とにかく感じがいい。ただしょっちゅう、家をあけている。イネによると、女の家に入り浸《びた》っているのだという。

「手伝いに行ってやりたいのはやまやまだが、あっちに行けばこっちが立たず。長屋のおかみさん連中につかまって、こき使われそうなんだと、ぼやいておいたんだよ」

そういって道之助は、くっと猪口をあける。その様子も、茂吉や徳一、伊三郎とは大違いだ。茂吉はひげが濃く、腹が出はじめていて、もっさりした熊のようだし、徳一は目がぱららと離れていて、どことなく河童《かっぱ》を思わせる風貌《ふうぼう》だ。伊三郎はといえば、つぎはぎだらけのよれよれの袴《はかま》に、無精《ぶしょう》ひげと伸びた月代《さかやき》、見るからにむさくるしい。

「あっちに行けばこっちが立たずかぁ。いってみたいね、そんなこと」

「独り者はいいよなぁ」

「徳一、所帯を持ったばかりなのに、いいのか、そんなこといって」

「おたつはかわいいっすよ。けど、このごろちょっと怖くてね。もともとぽんぽんものをいう方だったけど。所帯を持つと、女は変わるんですかね」

茂吉は深くうなずいた。

「変わっちまうなぁ。……おイネも、昔はうんとかわいかったんだ」

「ほんとに？」

「ほんとにって、徳一、失礼なやつだな。そんなころがあったよ。たぶん。いや、あったのか？」

茂吉は頭をひねり、自分につっこみを入れる。

こんな話をたつやイネが耳にでもしたらどうなるか。たつの棗型《なつめがた》の目は、たちまち三角に吊り上がるだろう。おたふくのように福々しい顔をしているイネの形相も変わる。こめかみに青筋を立て、ぶっとい大根のような二の腕をふりまわしかねない。

「おせいさんは、いい人いないのかい？」

茂吉が振り返って、せいに声をかけた。ついにお鉢がまわってきたとせいは思った。

話が途切れたり、話を変えたくなると、男たちはその話をひょいと持ち出すのだ。まるで、箸休めみたいに。

「これだけ男がいるのに、おせいさんのお眼鏡《めがね》にかなう男はいねえってかあ」

茂吉が枝豆をつまみながらいった。

江戸には仕事を求めて地方から二男三男が集まってくる。参勤交代のたびに大勢の侍もやって来る。というわけで、男が多く、女は少ない。一度も結婚しない男が山といる一方で、女は離縁のバツなど何度ついても、ひっぱりだこだともいわれる。

「さぞやいろいろあったんだろう」

道之助が思わせぶりに流し目でちらっとせいを見て、ほほ笑んだ。このはにかんだような笑顔にくらっとくる女がいるだろうと思わせる色っぽさだ。

せいは小さく息を吐き、ことさら明るい声でいった。

「お酒、もう一本、つけましょうか」

「そうだな」

「おう、どんどんいこうぜ」

せいは「お酒、おかわり」と奥に声をかけ、あいた器を盆にのせ、板場に向かった。

「残念ながら」

——お客にはもっと愛想よく。話を合わせておくれ。色気を出せっていってるんじゃないんだ。色気で売っている店じゃないからね。でも、店の者と二言三言、気分のいい話をしたいっていう常連客も多いんだよ。気の利《き》いたことをいえないなら、せめてもう少し、にこにこしておくれよ。

働き出して三日目に、生真面目《きまじめ》にせっせと働くせいに、かつがこういったことを思い出した。ほんとに、自分は不器用だと思わざるを得ない。

それだから、いい人をつかみ損ねているのだろうか。

せいと同じ年頃の女たちは、ほぼ亭主持ちだ。

十五で奉公に上がると、数年もしないうちに、朋輩《ほうばい》の女中たちが次々に嫁入りが決まり、俵屋をやめていった。親が用意した見合いで相手を見つけた者もいれば、どこで出会ったのか自分で男をつかまえて一緒になった者もいた。

自分より男うけがいいとも思えない女、店の男衆に人三化け七《にんさんばけしち》といわれる、そういう女たちはたいてい、所帯を持つのが早かった。

あのころは、嫁入りする女たちに祝いの言葉を口にしながら、あんな男で手を打ってよくまあ物好きだこと、と心の中でつぶやいたりもした。あのくらいの男なら、いつだってなんとかできるとも思った。ご面相がいまいちな女は若さしか売りがないので、早めに嫁入りしないと売れ残ってしまうとわかっているのかなど、少しばかり意地悪く考えたりもした。

自分にはもっといい縁談が舞い込むと信じていたのだ。

――いろいろあったんだろう。

そうつぶやいた道之助に、ちょいと肩をすくめてみせたけど、それなら、とっくに所帯を持っていただろう。

せいに誘いをかけてきた男がなかったわけではない。だが、奥手のせいは、なかなか踏み出せなかった。どうしようとぐずぐずしているうちに、相手の男が、せいとは似ても似つかない別の女といい仲になっていたりして、誰でもよかったのかと、愕然《がくぜん》としたこともある。

いいなと思った男がいたこともある。けれど、相思相愛までは至らなかった。

いつかいい男があらわれるだろうという自信は、正直、なくなりかけている。少々見てくれが今一つでも、気安く過ごせる男であればよしとして、手を打とうかと思ったりもする。でも、年がら年中、男のことを考えているわけではなく、そこまでして男と一緒になりたいかどうかもわからない。

じっとりと暑い日だった。風があれば少しはしのぎやすいのに、とくとく亭の軒先《のきさき》に飾っている風鈴はちりんとも音を立てない。

入口の先に小さな影が見えて、せいははっとした。子どものようだ。半刻前にも、同じ影を見たのだ。何をしているのだろう。子どもがとくとく亭に用などないはずなのに。

背から光を浴びて、当初、その子の顔は陰になって見えなかったが、目をこらしていると、見覚えがあることに気が付いた。井戸浚えの職人が手伝いに連れてきた男の子だ。

手習い所に行きだす年ごろの子で、働きぶりは悪く、命じられたことをいやいややっていた。それがあまりにあからさまなものだから、職人に叱《しか》り飛ばされていた。

――何もあんなに怒鳴《どな》らなくてもいいじゃないか。あんな小さいのに、水がはいった重たい桶を井戸からひとりで引き上げてんだから。……もう見てらんない。あんた、手伝っておやりよ。

イネが声をあげ、茂吉《もきち》たちを促したほどだった。

名前は確か、巳之吉《みのきち》。

「なんかご用？　用事があるなら、店の中にお入りなさいな」

思わず、せいが声をかけると、巳之吉は逃げるように走り去った。

それからも日をまたいで数度、巳之吉を店の前で見かけた。近所に住んでいるのだろうか。いったい、なぜ店を覗いているのだろう。

家に戻ったせいが思わず巳之吉のことを口にすると、染は身を乗り出した。

「気になっているなら、その子に直接聞いてみたらいいじゃないか」

染は相変わらず、することもない日々を過ごしている。

「一度、声をかけたんですよ。でも、逃げていっちゃって……」

「そのあとも来ているんだろ」

「そうなんですけどね」

染はせいをあきれたように見た。

「まったくおせいは、じれったいね。何だろうと気にしているよりは、ちゃんと聞いた方が早いじゃないか。何か事情があるんじゃないのかい」

翌日の昼、まかないを食べ終え、とくとく亭を後にしようとしたせいが、巳之吉を見つけて声をかけたのは、染のこの言葉が胸にひっかかっていたからだ。

「あんた。井戸浚えの弟子でしょ。今日は仕事、休みなの？」

巳之吉は、じろりとせいを見上げた。

「弟子なんかじゃねえやい」

「手伝ってたじゃない」

「間に合わせに呼ばれたんだ。忙しいからって」

「なんで、この店をいっつも覗いているの？」

「覗いてなんかいないよ」

「覗いてるわよ。私、何回も見てるもの」

「うるさいな」

巳之吉はいささか乱暴にいうと、ぶすっとした顔のまま走り出した。

「待ちなさいよ」

巳之吉は中坂を転がるように走り下りると、突きあたりを右に折れ、神田川の方に向かった。この間は逃げられた。今日はそうはさせない。

じれったいなんて染にいわれる自分が、せいは本当はいやなのだ。何事にも踏ん切りをつけるのに時間がかかるが、せいは足の速さだけは子どものころから自信がある。達者《たつしや》な足取りでせいは巳之吉のあとを追った。

巳之吉が駆け込んだのは、明神下《みようじんした》の小さな店だった。古着屋『さがみ』という看板がかかっていて、細竹に通した女ものの着物が数枚、暖簾代わりのように吊ってあった。

「どこで油を売ってたんだい」

幼子の泣き声がしたと思いきや、店の中から巳之吉を叱責《しっせき》する女の怒鳴り声が聞こえた。せいは、思わず店の前で足を止めた。

「おまえのせいで、杉太郎《すぎたろう》が起きちまったじゃないか。せっかく寝付いたところだったのに」

胸が凍るような冷たい口調だった。

「あれ、おせいさん、こんなところで何やってんの」

肩を叩かれ、振り向くとイネが立っていた。イネは針仕事の内職をしていて、できあがったものを届けにいった帰りだという。

事情を話すと、イネは首をひねり、古着屋の看板を見あげた。

「なんで古着屋の息子が井戸浚えの手伝いなんか?」

「忙しいからって駆り出されたそうで」

「親戚かなんかなのかね?」

また家の中から怒鳴り声が響く。

「……なんだよ、その目つきは。実の親が捨てたおまえを、これまで育ててもやったんだ。まったくかわいげのない餓鬼《がき》だよ」

きりきりとイネの眉があがっていく。

「何、腹減った？ 昼飯はもうないよ。みんな残らず食っちまった。つべこべいわず、杉太郎をおぶって寝かしとくれ。おまえを引き受けてくれるもんを早く見つけないと。いつまでもただ飯を食べさせるわけにはいかないんだよ」

そういいながら、女房が出てきた。髪の毛をくし巻きにした三十手前の女だ。

「お客さんですか？」

思わず黙りこんでしまったせいに代わって、イネがいう。

「子どもに昼飯を食べさせないなんて、あんまりじゃないか」

とっさに女房の顔つきが変わった。目の縁《ふち》に険《けん》が刻まれる。

「どこのどちらさまか知りませんけど、他人事《ひとごと》に首をつっこむのはやめてもらいますよ。客じゃないんなら、行った行った」

追い払うように、両手をふると、女房は足音をたてて、店に戻っていく。

「こっちにまで剣突をくわせて。いやな女だねえ」

イネが苦々しくいった。

だがイネのいう通りでもあり、女房のいう通りでもある。

巳之吉が継子《ままご》扱いされ、つらい思いをしていたとしても、他人にできることはない。気にはなっても、これはこれで仕方がないのだと、せいは気持ちに区切りをつけようと思ったのだが――。


それから数日後の朝、せいと染とたつは、イネに井戸端に呼び出された。

「調べたよ。あの古着屋の女のこと」

イネはあの帰り道、さがみの女房にむかっ腹を立て長屋に戻るなり、たつをつかまえ、あの子を放っておくわけにはいかないと言い続けていた。

「古着屋の女って、巳之吉のおっかさん、継母《ままはは》のことですか」

そういった染に、イネは口元を引き締め、うなずいた。染には巳之吉のことを一度相談した経緯《いきさつ》があり、さがみでの顚末《てんまつ》をせいはざっと伝えている。

――世の中にはいろいろあるわなぁ。

染はさらりと受け流し、それっきりだった。

「おせいさんから聞いていたかい？　それなら話が早い」

古着屋を営んでいるのは、四十になった平助《へいすけ》と三十手前のふさ夫婦だと、イネはいう。

「巳之吉を邪魔者扱いしていると、近所でも評判だった」

夫婦は三歳になる実の息子ばかりをかわいがり、近頃では頼まれれば巳之吉を誰にでも貸し出し、力仕事や雑用をさせていた。

「実の親に捨てられたって、いってたけど」

イネがせいにうなずく。

「なんでも三歳くらいのときにもらわれてきた子どもだって」

イネは持ち前の明るさで、友人知人にことかかない。ことに湯島から神田までは、イネの縄張りといっていい。

「それにしたって、なにもあんな言い方しなくていいのに」

「あんまりだよね」

「そんなんだから、巳之吉って子、ひん曲がりかけてるって話でさ」

「誰からも顧《かえり》みられなければ、子どもだって悪くなりますよ」

染は釘をさすようにいった。

「で、どんなふうにひん曲がってるのよ」

たつがイネに聞いた。

「嘘をつくんだって。それもしょっちゅう。『明神様を泥棒が根城《ねじろ》にしているのを見た』とか、『中坂の居酒屋には夜、女の幽霊が出る』『井戸浚えをしたら、中坂の長屋の井戸からとんでもないものが出てきた。おそろしくて何が出てきたか、いえねえ』とか……」

「中坂の居酒屋って、とくとく亭？　中坂の長屋って、ここ？」

せいに、イネがうなずく。

「だよね。それを聞いたときゃ、私もあちゃっと思ったよ」

「なんでそんな嘘をつくのよ」

たつの眉間に縦皺《たてじわ》が浮かんだ。染が頬に手をあてた。

「人がびっくりしたり、慌てたりするのがおもしろいんだろうよ。そんなんじゃ、これから、どうなっちまうか。かといってよそ者が半端に関わったところで、よけいこじれかねないし」

「まったく、いやな言い方するばあさんだねぇ。よそ者って、あたいたちのことだろ」

たつはじろりと染を見た。たつと染は、一度、ぶつかっているだけに、口調が荒い。

「自分が巳之吉を引き取るくらいの気持ちがなきゃ、こんなことに関われるものじゃありません。それじゃ、私は」

染は淡々といい、さっと場を後にした。井戸端には気まずい沈黙がおりた。それを打ち破ったのは、イネだった。

「お染さんのいう通りなんだろうね。でも、巳之吉、うちの子どもたちと同じような年頃だよ。このまま落っこちていくのを放っておいていいのかい？　できることを探すくらいしないと、後生《ごしょう》が悪くてしょうがない」

とりあえず、イネは巳之吉の家の事情をもっと調べてみるといった。たつも煙草屋の客などに話を聞いてみるという。

そして、イネは、せいにひとつ、役割をふってきた。そんなこと、できればやりたくなかった。だが前のめりになっているイネとたつに、せいは断ることができなかった。

長屋にせいが戻ると、染はよそ行きに着替えていた。薄紫の絽《ろ》の着物に、路考《ろこう》茶《ちゃ》のつづれ帯をしめている。髪もなでつけて、翡翠《ひすい》の一粒のかんざしを半白《はんぱく》の髷《まげ》にさしている。引っ越してきてから半月、染のよそ行き姿を見るのははじめてだった。

「どちらへ」

「ちょっとそこまで」

染はめかしこんでどこに行くのだろう。「ちょっとそこまで」は、行き先は聞いてくれるな、ということだ。

娘たちのところだろうか。本所時代の知り合いを訪ねるのだろうか。

俵屋の女将時代、染の出かけ先は菓子屋や町内の寄り合いに限られていた。女将さんたちが連れだって出かける芝居見物も、花見や紅葉《もみじ》狩りも、染は行ったことがなかった。

亭主を病で失ってから、染の日常は家と店の往復だった。

「今日も暑くなりそうですね」

「夏だからね」

「お気を付けて行ってきてくださいよ」

「暑かろうがなんだろうが、おせい、精を出して働きなさいよ」

せいの口がへの字に曲がった。染は何があっても染だ。

「締太鼓を叩いているんだろ。いいなぁ。トントントトンって、お囃子《はやし》は祭りの花だからな」

四

「嬉しいこと、いってくれるねぇ。けど、祭りの花は神輿《みこし》の担ぎ手だ。それを囃したてて盛り上げるのがお囃子のおいらたち、縁の下の力持ちだよ」

「がらにもなく殊勝《しゆしよう》なこといってくれるじゃねえか。お囃子は間違いなく祭りの立役者だぜ。しっかりおやんなさいよ」

その日のとくとく亭は早くも神田祭の話でもちきりだった。神田祭は、江戸の総鎮守・神田明神の祭りで、九月に行なわれる。七月も半ばを過ぎ、囃し方の稽古にも熱がこもり、氏子たちは割り振られた役割ごとにしきりに集まって、気炎をあげていた。

せいは懐かしい気持ちで、客たちの話に耳を傾けていた。十五で奉公に出るまで、せいもこの熱気の中にいた。せいにとって祭りといえばやはり今も神田祭だ。

神田祭は、日枝《ひえ》神社の山王《さんのう》祭《まつり》と並ぶ、江戸の二大祭りだ。どちらも江戸城の内曲輪《うちくるわ》へ、祭礼行列が練りこむことが許されていて、将軍や御台所の上覧もあることから「天下祭」とも称される。

以前は神田祭と山王祭は例年、互いの盛大さを競い合っていたが、天和元年（一六八一）から一年おきに交代で祭りを行なうようになった。

今年は神田祭の本祭りにあたる。

本祭りの神田祭では、鳳輦神輿遷座祭《ほうれんみこしせんざさい》からはじまり、氏子《うじ》町会神輿神霊入《こちょうかいみこしみたま》れ、神幸祭《しんこうさい》、附け祭《つまつり》、神幸祭神輿宮入《しんこうさいみこしみやいり》など盛りだくさんで、町全体が祭り一色になる。

「ごちそうさん」

「ありがとうございました。またいらしてください」

昼の最後の客を見送ったとき、せいの胸がとんと跳ね上がった。

「あの子がいる……」

追いかけていったあの日から、見かけなくなった。もう来ないかもしれないと思いはじめていた。その巳之吉がとくとく亭を覗いていた。

「知ってる子かい？」

かつが大きな体を揺らしながら、帳場から出て来た。

「よく見るよね」

その瞬間、せいは店から飛び出し、巳之吉の腕をぎゅっとつかんだ。

「離せ！　いてえよ！　離せってば」

巳之吉はせいを見あげ、手足をふりまわした。

離したいよ、こっちだって。

イネから与えられた役割。それは巳之吉が来たらふんづかまえること。とくとく亭との関係を白状させることだった。

「おせいさん、どうしたっての？」

いととかつも飛び出してきた。

「この店を覗いている理由を聞こうと思って」

いとが巳之吉のもう一方の腕をつかむ。

「私も気になってた。この子、何度も、店の中を見てたよね」

ふたりして店の中に、巳之吉を連れ込むや、かつが暖簾をはずし、入口の戸をぴしゃりと閉めた。何事だと、岩太郎が板場から出てくる。

「手を離せってば！」

巳之吉はせいをにらみつけて叫んだ。

「離すわよ。なんでこの店を覗いているのか、わけを聞かしてくれたら、すぐに」

「おばさんには関係ない」

「おばさんですって？　……関係あるわよ。この店で働いてるんだから。井戸浚えの後から、あんた、何度も来てるでしょ」

おばさんという言い草にかちんときたが、せいはすぐに気持ちを切り替え、巳之吉を見据《す》えた。

岩太郎は巳之吉の前に麦茶をおいた。

「どうした？　坊主、この店に何か用なのか」

巳之吉はぷいっと横を向いた。

「おめえ、いくつだ。……答えなよ。減るもんじゃなし」

「八つ」

岩太郎の目元がゆるんだ。

「そうか。八つか……腹が減ってんじゃないか」

子ども好きなのか、岩太郎の口調がやわらかい。

「腹なんか減ってねえよ」

「ちょうど、みんなでまかないを食べるところだ。一緒に食べていけ」

「腹なんか減ってねえっていってるだろ」

かつは、そういった巳之吉の肩に優しく手をのせた。

「いいから。腰掛にお座り」

「今日は、いわしの梅煮だ。さっぱりしてうめえぞ」

腹は減っていないと言い張っていたのに、山盛りの飯とおかずが並んだお膳を前にすると、巳之吉の腹がぐうっと鳴った。

「おあがり」

巳之吉は箸を握るなり、がつがつと食べた。

「いい食べっぷりだねぇ」

「ああ。いい食べっぷりだ」

岩太郎とかつは目を細めて、巳之吉の食べる様を見ている。

「それで、なんでこの店を見ていたの？」

だが、巳之吉はせいの問いに答えず、立ち上がった。

まさか食べ逃げする気？　せいはあわてて、また巳之吉の手をつかんだ。

「ちょっと待ちなさい。だから、なんで！」

「なんでもないってば」

「……」

「いいたくないんだな。いいってことよ」

巳之吉は岩太郎にうなずき、せいの手を払った。やっとの思いで巳之吉をつかまえたのに。店の主からそういわれてはせいも二の句が継げない。

「……うまかった」

そういうと、巳之吉は走って出ていった。戸を閉めるとき、せいの顔を見て薄笑いを浮かべたのが小憎らしい。

「おせい、わけを話してくんな」

いとが湯呑に麦茶を注ぎなおしたのをきっかけに、せいは巳之吉について知るところを打ち明けた。

「養い親がいるんだな……」

「ええ。とんでもない親ですけど」

岩太郎は腕を組み、かつにいう。

「またあいつが来たら、食わせてやれ」

「あいよ。……また来るかねぇ」

「子どもでも、意地がある顔をしてたな」

「それにしても、なんでうちを覗いていたんだろうねぇ。気になるねぇ」

だからそれを聞こうとしていたのだとせいが口にしかけたとき、岩太郎がぴしゃりといった。

「もうそれは放っておけ。あの子が話す気になれば、話すだろうよ」


家に戻ると、染が出先から戻っていた。

「おかえりなさい」

「お疲れさん。今日は少しゆっくりだったんじゃないかえ?」

せいがつかまえた巳之吉に、岩太郎とかつが昼飯を食べさせてやったというと、染は感心したようにいう。

「ずいぶん、鷹揚《おうよう》な旦那さんだね。子ども好きの夫婦なのかね。……しかし、昼飯を食べさせてもらっても、理由をひとこともいわなかったとは。手ごわい子だよ。たいしたもんだ」

「あれだけ親切にしてもらったのに、素直じゃなくて」

「素直になれない理由もあるんだろうさ」

「そういうもんですかねぇ」

「弱さを見せたくないと思っているのかもしれない。口にしたところでどうせ相手に受け入れてもらえないというあきらめもあるのかも。自分が何をしたいのか、自分でさえわかっていないのかもしれないし……とっちらかった気持ちを整理するのは大人でも大変だからね。まして子どもは筋道立ててものを考えたりするのが苦手だ」

と、染は言葉を切った。

「ま、私がえらそうなことはいえないけどね。これまでたくさんの奉公人を預かって、少しは人の気持ちがわかるようになったと思ってたのに、いちばん大事な自分の子はどこかへ行っちまったんだから……」

染はしゅんと鼻をすすった。

五

翌朝、せいが井戸端で二人分の器を洗っていると、たつがやって来た。

「ばあさんの器も洗ってんの？ そのくらいしてもらいなよ。このごろじゃ、毎日、めかしこんで出歩いて。いい気なもんだよね、あのばあさん」

相変わらず、染が苦手なたつは、ぽんぽんと威勢よく憎まれ口を叩く。

がたんと音がして油障子が開き、いつものようにイネが三人の子どもと出てきた。イネの長男の富士太郎《ふじたろう》は九歳、長女の梅《うめ》は七歳、末っ子の鷹次郎《たかじろう》は六歳。この時刻に手習い所に行って、昼には帰ってくる。

「行ってきます」

「はい、行っておいで。束脩《そくしゅう》の分は、しっかり勉強してくるんだよ」

子どもが見えなくなるまで手をふり、イネは井戸端のふたりに駆け寄った。

「富士太郎は心配ないんだけど、梅は算術がねぇ。鷹次郎ときたら、算術も書き取りも…… いやになっちまうよ」

「大丈夫ですよ、そのうち、ちゃんと……」

せいの言葉をたつがさえぎる。

「いや、手習いに通っているときに、きちっと覚えておかないと、あとで困るよ。その見本があたし」

たつは手習い所のころ算術の出来が悪く、年下の子にも次々に抜かれてしまい、それでますますやる気を失い、手習い所は大嫌い、針の筵《むしろ》だったという。

「そのせいで、いまだに引き算が苦手でさ。おつりをしょっちゅう間違っちまう。お客が間違ってるよといってくれることもあるけど、多く渡してそれっきりってことも……悔しいし、みじめだよ。あたしみたいになりたくなけりゃ、しっかり勉強した方がいいって、鷹次郎ちゃんとお梅ちゃんにいってやって」

「おたつさんは煙草屋の看板娘じゃないか。そのうえ、働き者の徳一さんと所帯を持って、仲良く暮らしてる。立派なもんだよ」

「とにかく、いろはと足し算と引き算だけはきちっとやっとくにこしたことがないよ」

子どもつながりで、巳之吉の話になった。

巳之吉をつかまえ、一緒にご飯を食べたが、とくとく亭を覗いていた理由はわからずじまいだったと、せいがいうと、イネはため息をついた。

「八歳か……」

「うん」

「岩太郎さんとおかつさん、またご飯を食べにおいでっていったんだね」

イネは感慨深そうにつぶやく。

それから三人は井戸端の縁台に座った。イネは、明神下に住む知り合いにもう一度、巳之吉のことを聞きにいったという。三歳くらいのときに巳之吉がもらわれてきたと教えてくれた人である。

「ちょっと気になることも聞いちまって。……さがみの夫婦は、巳之吉の前にもふたり、もらい子をしていたっていうんだ」

巳之吉がもらわれてきたのは三歳の時。その前というと、五年以上昔の話になる。

「ひとりめの一年後にもうひとり、もらい受けたんだって。どっちも乳飲み子だったっていうんだけどさ」

「巳之吉に兄さんとか姉さん、いたっけ」

目をぱちぱちさせながら、たつがいう。

イネは即座に首を横にふった。

「その子どもたち、どうしたの」

「それがわからないって」

この時代、子どもを無事に育て上げるのは大変だった。流行《はや》り病《やまい》やちょっとした怪我《けが》がもとであっけなく子どもは命を落とす。

「葬式をした様子もなかったというし……まあ、子どものことだから、何かあっても大げさなことはしなかったんだろうけど」

子どもを人に託す親には様々な事情がある。貧しい上に子だくさんで、これ以上子どもを育てられないと、礼金をつけて養子に出す親が多かった。父親がわからない子や、不義の子などを養育費をつけてもらい子に出すこともある。

一方、託される側は子どもができず、もらいうける人がほとんどだが、中には養育費やお礼が目当ての者もいた。

「まさか……そんなこと、まさかよね」

養育金だけを受け取り、子どもを売り飛ばす者もいると、せいは聞いたことがあった。もちろん人身売買は法令で表向き禁止されている。だが遊女が「遊女奉公へ出す」と、年季奉公の賃金を前受けの形で受けとる形式をとっているように、抜け道はいくらでもある。

染がきちんと着替えて、井戸端にやって来たのはそのときだった。今日も出かけるようだった。

「その巳之吉って子、邪険にされてるんだろ。これからが心配だね。むごいことにならなきゃいいが……」

話を聞いていたのだろう。染はぽつりといって、それじゃといい残し、木戸の先に足を向ける。

イネとたつ、せいは顔を見合わせた。

――おまえを引き受けてくれるもんを早く見つけないと。

――いつまでもただ飯を食べさせるわけにはいかない……

せいは、さがみの女房が巳之吉に投げつけるようにいった言葉を思い出していた。

まかないを急いで食べ終えて昼過ぎに、長屋に戻ると、イネとたつがせいを木戸のところで待ち構えていた。

「お待たせしちまって……」

「いいの、いいの。気がせいて、ゆるゆるしてらんなくてさ」

「おイネさんたら、四半刻（三十分）も前にあたいを迎えに来て。まだ早いっていっても聞かないの。なんでそう、せっかちなんだろね」

「そういう性分なんだよ。あ、お染さん、まだ帰ってないよ」

イネは先まわりして、せいにいった。

とりあえず、巳之吉のことを調べようと三人は本日、さがみのある明神下に出張ることにしたのである。体の大きなイネ、中背のせい、ぐんと小柄なたつ。大中小が並んで歩いていく。

明神下は、神田明神のおひざ元で、大きな拝領屋敷《はいりようやしき》も多い、侍と町人が同居する町でもあった。

明神男坂の下の路地に面したさがみの店頭には、今日も、古びた着物がぶらさがり、風をうけ、ゆらゆら揺れていた。近所の店をまわり、何気なくさがみの様子を尋ねてみようと思ったのだが、ことはそう簡単ではなかった。

——どういうご用件で。そちらさま、どこのどなたです。さがみがどうかしましたか？

——さあ、あいにくお話しすることはなにも。近所でもそこまでは……直接お聞きになってはいかがですか。

考えてもみればそれもそうだ。

——あの家のことを教えてくれませんか。

——あそこの息子さん、もらい子だって聞いたんですけど、ほんとですかね。

店に入ってきた見も知らぬ女が唐突にそんなことを聞いてきたら、誰だって警戒する。何か知っていたとしても、口にふたをする。

「せっかく来たのに、なんにもわかんないわね」

「もうちょっと、粘ってみようよ。せっかく来たんだから」

「もういいんじゃない？　いくら聞いたって無駄よ」

もう帰ろうというたつと、イネがもめはじめたとき、せいは通りの向こうに知った顔を見つけた。

「おかみさん！」

「あら、おせい」

染がこちらに顔を向ける。

「どうしたの？　みんなそろって」

「ばあさんこそ、何してたんだい」

たつにばあさんといわれて、染は一瞬、いやな顔をしたが、襟《えり》に手をやり、背筋を伸ばし、三人を通りの端っこに手招きした。

「ちょいと町を歩いていただけですよ……そちらこそ、往来の真ん中で立ち止まったりして。通行人が眉をひそめてよけていたのに気付かなかったかい？」

たつはそれがどうしたという顔をしたが、イネとせいは首をすくめた。

「巳之吉のことを放っておけなくて、事情を知りたいと、ついここまで来ちまったんですよ。けどこのあたりの店をあたっても、にっちもさっちもいかなくて……」

イネは、巳之吉の他にも二人、さがみはもらい子をしていたのか確かめたかったのにとため息をつく。染は首を横にふった。

「いくら気のいい神田っ子だって、そうそうよけいなことをしゃべりませんよ。それに、何かを聞いたところで、本当かどうかを確かめようがない。そういうことは、自身番《じしんばん》で人別帖《にんべつちょう》を見せてもらうのがいちばんですよ」

「自身番？　人別帖？」

自身番は、往来の四つ辻《つじ》の南側に、木戸番小屋と向かい合うように設けられている。木戸番小屋は、木戸を開け閉めして、盗賊や不審者の通行や逃走を防ぐ役目。それに対し、自身番は、町年寄や名主などの町役人が詰めて、町奉行からの触れを町の人に伝えたり、訴えを受け付けたりする場所だった。中でも、人別帖の作成は自身番の重要な仕事だ。

自身番では人別帳の他に、出人別帳と入人別帳も作っており、引っ越して来た者の名前、生国《しょうごく》、宗旨《しゅうし》、請人《うけにん》、商売、家族、どこから引っ越してきたのか、などまでも、把握している。

せいも、引っ越してきたとき、自身番に挨拶に行き、本所の自身番で出してもらった人別送りを提出し、人別帖に記載してもらっている。

だが、知らない町の自身番に、ふらっと入っていって、いきなり人別帖など見せてもらえるものだろうか。

染は「それじゃ」と歩き出し、行ってしまった。

「これだよ、あのばあさんは。いいっぱなし」

たつがきっと口元を引き結ぶ。

「でも、おかみさんのいうように、こういうことは人別帖を見るのがいちばんですよね」

せいにイネがうなずく。

考え込んでいたたつが、はっと顔をあげた。

「使えそうな男をひとり思い出したわ」

たつの煙草屋の常連のひとりが明神下を縄張りにしている御用聞きの貞助《さだすけ》だという。御用聞きは始終、自身番に出入りしていて、町役人にも顔がきく。

貞助は、すぐ近くでやぶ春《はる》という蕎麦屋を営んでいた。その蕎麦屋で、男心を操るたつの手管《てくだ》を、イネとせいは目撃することになった。

「こんにちは。今、忙しい？　ううん、蕎麦も食べたいんだけど、今日はそうじゃなくて。実はね。井戸浚えの手伝いに長屋にやって来た男の子が、ときどきうちの周りをうろうろしているの。で、長屋のみんながどういう子なんだろうなって気にしてたの」

「それで？」

「さっき、この近くで見かけたのよ、その子を。だったら貞さんに聞くのがいちばんだって。押しかけてきちゃったわけ」

「そちらは？」

「同じ長屋のおイネさんと、おせいさん。ね、言った通りでしょ。うふふ、御用聞きの貞さんがいい男だっていったら、このふたり、ついてきちまって。いいのは顔だけじゃないのよ。男気があって、頼りになる人なの」

　イネとせいは、小鼻を膨らませている貞助に目をやり、あわてててたつに向かって大仰《おおぎょう》にうなずいた。よくもまあ、でたらめが口からなめらかに飛び出すものだと思いつつ。貞助がいい男なら、たいていの男は役者になれる。

　だが、たつの誉め言葉は、貞助の虚栄心やらすけべ心のツボを、巧《たく》みにくすぐっていく。

　貞助はにやけた顔で、身をのりだした。

「誰なんだい、その子って」

「巳之吉って子」

「巳之吉は、古着屋さがみの息子だ。井戸浚えをさせられてたか……ちょいと訳ありなんだよ」

「訳あり？」

「もらい子でな。年中、働きに駆り出されている」

「そうだったんだ。やっぱり！」

「やっぱりって？」

「そういう事情があるんじゃないかって、思ったのよ。だってあんなに小さいのに、親方から叱り飛ばされながら働いていて。うちの近くをうろついているのも、たいがいの子が手習いに行っている時刻だから。変だなって思ってさ」

「おたつちゃん、賢いな」

「うふふ。賢いだなんて。あたいは物覚えはあれだけど、勘だけはいいの。……でも、こっちのおばさんたちは、だからといって、いわく付きかもって決めつけるのもどうなのって。で、大声じゃいえないけど、さっき、賭《か》けをしたのよ。巳之吉に、もらい子とかなんとか特別な事情があったらあたいの勝ち。そうじゃなかったら、あたいの負けって」

「そりゃぁ、おたつちゃんの勝ちだよ」

たつが目で合図を送っていると気が付いたせいは、はっとして続けた。

「ってことは、私とおイネさんの負け？　貞助さんがいうことを疑うわけじゃないけど……。証拠みたいなものがありさえすれば、すぐに引きさがるんだけど。ねえ、おイネさん」

イネがなり行きを呑み込んだ顔で深くうなずく。

「そうだよ。証拠さえあれば、私たち、負けを認めるよ」

「ああん。おばさんたちったら、往生際《おうじようぎわ》が悪いんだから。でも証拠っていわれてもねぇ……そんなものあるかしら」

そこで、たつは貞助から、まんまと「人別帖を見せてやる」という言葉を引き出したのだ。

自身番まで出向いて、人別帖を見た三人は顔を見合わせた。巳之吉は「本所、元町《もとまち》の安兵衛《やすべえ》長屋に住む花売り・与平《よへい》と女房・スエからのもらい子」と書いてあった。

ただ巳之吉の前にもらい子となったふたりの赤ん坊の記載はなかった。

「合点がいっただろ。これで」

せいはあいまいにうなずいて、貞助のにきびの跡だらけの顔を見上げた。

「巳之吉さんに年の近い兄弟があったって聞いたような気がしたんだけど……」

「ああ。そういえばそんなこともあったな。たいがい育ってから届けようと思ったんだろうよ。けど、気の毒にそうはできなかったんだろう」

「亡くなったんだ」

「そうなんだろ。で、おたつちゃん。何を賭けてたんだ」

得意げに鼻をならした貞助の耳元に、たつが口をよせて一言二言ささやく。貞助の顔が紅潮した。

「また煙草、買いに来てね。うんとおまけもするから。そんとき、それも、ちらっと見せてあげる」

うふんとあごをあげて笑ったたつを、貞助がまぶしげに見つめた。

やぶ春を出ると、イネは感心したようにいった。

「たまげたね。おたつさんたら、貞助さんをころころ掌《てのひら》でころがして」

「おたつさん、若くてかわいいから」

せいはそういいつつも、いちいち、イネとせいに、おばさんを連発したたつに、少しばかりもやもやしていた。

もっともたつは、せいをおばさんと呼んで、おとしめようとしていたわけではない。けれど、たつにせいを侮《あなど》る気持ちがまるっきりなかったとも思えない。たつはイネとせいにほめられて、まんざらでもなさそうにふふんと笑っている。

——娘盛りは女盛り。女は若ければ若いほどいい。年をとるたびに女の品が下がっていく。

たつがそう思っているのはあきらかだ。いや、せい自身だってかつてはそう思っていた。だが、二十をいくつか過ぎて、世間に娘扱いされないどころか、おばさんと呼ばれることが増え、せいはこれではあんまりだと思った。娘とばあさんの間にある長いときを、ひとくくりにしておばさん扱いされたくはない。

「ところで、おたつさん、何を賭けたって、貞助さんにいったんだい？」

唐突に、イネが聞いた。女の話はころころ変わる。

「なんだと思う？」

「さあ」

「腰巻……緋色《ひいろ》の腰巻よ」

途端に、イネとせいはげんなりとして顔を見合わせた。貞助がでれっとしていたわけである。イネがたつの肩をぴしゃりとはたく。

「おたつさん、亭主持ちなんだから、あちこちに粉をふるんじゃないよ」

「みすぎよすぎの、もみ手すり手ってもんよ。安心して。私は、亭主にぞっこんだから」

たつは喉を鳴らして、疳《かん》高い声で笑った。

上のふたりの子どものことはわからなかったが、人別帖で、新たなこともわかった。

さがみにはこの春まで、もうひとり、六十がらみの女が同居していたのだ。その女はさがみの主の叔母で、巳之吉をもらいうけてすぐ後に、同居がはじまっていた。

――いい人だったよ。品のいい、鷹揚な人で、うちにも巳之吉を連れて、よく蕎麦を食べに来てくれた。気前もよくて、心づけも奮発してくれたなぁ。なんでも主の母親の妹で、長く武家奉公をしていたって人でね。ここだけの話、さがみは金目的で引き取ったって噂もあったんだ。ずいぶん貯めこんでたんじゃないのか。旗本屋敷で何十年も働いていたんだから。

――病で亡くなったんですね。

――ああ。考えてみれば、巳之吉が荒れはじめたのはそれからかもしれねえ。あの人、巳之吉をかわいがっていたから。

貞助はそういっていた。

「巳之吉は本所から来た子だったんだね。おせいさん、元町ってわかるかい」

「元町は両国橋《りょうごくばし》を渡ってすぐの町です。回向院の近くで」

「回向院って、鼠小僧次郎吉《ねずみこぞうじろきち》の墓があるとこだよね。にぎやかな寺だっていうから、一度お参りに行きたいんだけど」

回向院は「振袖火事《ふりそでかじ》」の名で知られる明暦《めいれき》の大火で亡くなった人々の冥福《めいふく》を祈るために創建された江戸一の無縁寺である。

「おせいさんが働いていたっていう俵屋はその近く？」

たつが聞いた。

「ええ。うちの店は回向院の門前町にありましたので」

にぎやかな門前町を思い出して、せいの胸がつんとうずいた。

懐かしい顔が次々に浮かぶ。女中や菓子職人などの仕事仲間、近所の人たち、生き生きと立ち働いていた染や松太郎……磨き上げていた店屋敷の廊下や柱、毎朝、打ち水をした店の前の通り、通りを回向院に向かう人々の嬉しげな顔、相撲や御開帳が催されるときには長い行列が店の前まで延びていた。そんな日は、帰りに名物の最中を求める人で、店がごった返したものだった。

もうその俵屋はない。

「おせいさん、元町の、安兵衛長屋に行ったことはある?」

「いいえ」

「親は、巳之吉があんな扱いを受けているって知ったら、どう思うだろうね」

イネがひとりごとのようにつぶやいた。

「もういないもんだって思ってるんじゃない?　そのくらい割り切らなきゃ、子どもを他人に渡せないでしょ」

口をとがらせたたつに、イネが首をかしげる。

「そんな風に吹っ切れるもんかね。よくよくのことだよ。子どもを手放すってのは」

「巳之吉の親はまだ、その長屋に住んでるのかな」

「私、安兵衛長屋に行ってきましょうか」

せいはちょっと考えていった。

三日後、岩太郎とかつが千住《せんじゅ》の親戚の法事に顔を出さなくてはならず、店を休むといっていた。その日にならら、懐かしい本所に行ける。店がなくなった門前町をどんな気持ちで歩くのだろうと想像すると、胸がつぶれそうでもあったが。

六

その朝、本所に行くと伝えると、案の定、染は唇をひきしめた。本所は染にとって、いい思い出も、そうでないものも詰まった、触れれば心がやけどしそうな場所である。

「どうしてまた本所に」

巳之吉の人別帖に元町の安兵衛長屋の記載があったというと、染はあごに手をやった。

「巳之吉は本所の生まれだったんだ。……一《ひと》つ目橋《めばし》の坂本屋《さかもとや》の路地を入ったところに、確かそんな長屋があったような気がする」

「じゃ、俵屋と目と鼻の先じゃないですか」

「ああ」

それっきり、染は黙り込んだ。

外に出ると、井戸端の縁台に座っていたイネとたつが立ち上がった。ふたりとも、髪をきれいになでつけ、たつは唇に紅をさしている。

せいが本所に行ってこようかというと、ふたりは話に飛びついたのだ。

――だったら、私も連れていってよ。子どものことは誰かに頼めば大丈夫。

――あたいも煙草屋を休んで行くわ。おっかさんに文句をいわれるだろうけど。本所に出かけるなんて、めったにないことだもの。帰りに回向院をお参りしようよ。いや、はじめに回向院に行って、その帰りに長屋に行く？　何を着ていこうかしらん。

せいにとっても、それはありがたい話だった。ひとりで本所に行けば余計なことを考えてしまいかねない。だが、三人ならば、気がまぎれそうだった。

明神下を通り、昌平橋《しょうへいばし》を渡り、柳原堤《やなぎはらつつみ》を両国広小路《りょうごくひろこうじ》に向かう。神田川に沿って伸びる柳原堤には古道具屋や古着屋が集まっていた。店に呼び込まれそうになるたつをイネとせいが制しながら歩いた。

堤の途中にある、柳森《やなぎもり》神社では、通称「おたぬきさん」と呼ばれる狸《たぬき》の福寿《ふくじゅ》神《しん》に三人そろって手を合わせた。なんでも五代将軍徳川綱吉《とくがわつなよし》の母、桂昌院《けいしょういん》が信仰した福寿神で、狸は「他に抜きんでる」に通じ、立身出世や勝負事、金運向上などの御利益《ごりやく》がある。

江戸随一の盛り場、両国広小路はすでにたいそうな賑わいだった。露店が並び、見世物小屋、芝居小屋、茶屋には幟《のぼり》が何本も立っている。大道芸には人が幾《いく》重《え》にも取り巻き、物売りの声が響いていた。

「一日、こんなところで思う存分遊んでみたいものだわ」

たつが目を輝かせる。

「今のうちに、亭主と一緒に遊んどきなよ。子どもができたらそれどころじゃなくなって、こんな世界があることをすっかり忘れちまうから」

しっかり者の母親のイネも、娘のように目を輝かせている。

「子育ては大変？」

イネはまあねと眉をあげた。

「大変だけど……楽しいよ。誰があやしても泣き止まなかった子が、私が抱っこした途端にぴたっと泣き止むんだから。夢中でご飯を食べてる姿を見ると嬉しくなるし、寝顔も愛おしいしね。母親ってのも、いいもんだよ」

両国橋には潮の匂いがする風が吹いていた。川には屋形船、屋根船、荷を積んだ小舟、物売りの舟……大小様々の舟が行き来している。この時期、夕方になればここで納涼の花火が打ち上げられる。

この橋を渡れば本所だ。中ほどまで来て、本所の町並みが見えたとき、せいの胸は懐かしさでいっぱいになった。懐かしさの中に痛みが混じっていて、ふと涙ぐみそうになる。

店がなくなると聞いたとき、せいは信じることができなかった。お天道様が東から出て、西に沈むのと同じで、回向院の門前町で店は繁盛し続けると思い込んでいたからだ。

「ほら、行くよ」

足が止まったせいの背中をイネがとんとはたいた。思いを呑み込み、またせいは足を踏み出す。ひとりで来ていたら、ここで回れ右をしてしまったかもしれなかった。

安兵衛長屋はすぐに見つかった。

「与平さんとスエさんの家はどちらで」

「あんたは？」

前に世話になったものだと口を濁したせいに、イネと同じくらいの年頃の女は、一家はもうとっくにいないといった。

「与平さんとおスエさんが相次いで体を悪くしたのは知っているだろ。与平さんは病《や》みついてすぐに死んじまって、おスエさんも後を追うように亡くなっちまった」

「そうだったんですか。ちっとも知らなくて。お子さん、いましたよね」

「ひとりね。そういうわけで育てられなくなって、もらい子に出したのさ。おスエさん、泣いてたよ。三つのかわいい盛りだったから。あんときゃもう自分のこと、覚悟してたんだろうね。でも、きっと幸せに暮らしているよ。養育料代わりの礼金を、なけなしの金をかき集めてちゃぁんと渡したんだから」

人のよさそうな笑みを浮かべた女に、せいたちは礼をいい、長屋を後にした。

往来に出たところで、三人は年配の女に呼び止められた。同じ長屋の者だという。

「ちょいと耳にしてしまったんだけど……話はそうじゃなかったんだ。おスエさん、もらい子に出したことを死ぬまで後悔していたんだよ。確か、あの子の名前はみの、みの……」

「巳之吉ですか」

「そう、巳之吉。おスエさん、体が悪いのに、何度か、巳之吉を渡した家の近くまで、見に行っててさ。そこで、その夫婦が前に引き取った二人の子を売り飛ばしたって聞いて、ひどく気落ちしてたよ。子どもを育てる気なんかない、礼金狙いの夫婦だったって。でもどうすることもできなかった。おスエさんはもう歩くのも話すのもやっとって身体で。かわいそうに。最後の時まで、巳之吉の名前を呼んでいたんだ」

　それから三人は俵屋の前を抜け、回向院に向かった。俵屋の建物はそのままで、普請が入った様子はなかった。入口には板戸がしっかり打ち付けられ、人が消えた建物は、埃《ほこり》っぽく、うらぶれて見えた。

　女の話が重くのしかかり、意気があがるどころではなかった。

　その日、せいは染とともに晩飯を食べた。染が長屋に来て以来、ふたりで夜を一緒に過ごすのは、初めてだった。

「これ、坂本屋《さかもとや》の漬物かい？」

「お好きだったと思って」

坂本屋は漬物屋の老舗《しにせ》で、染の贔屓《ひいき》の店だった。甘酢に漬け込んだ長芋に柚子《ゆず》をきかせた坂本屋の漬物を、せいは本所で奮発していた。

「やっぱり美味《おい》しいですね」

「ああ」

「お店には、まだ普請は入っていませんでした」

サクッと、染が長芋を嚙む音がする。そりそりした歯ごたえ、甘酸っぱさ、そして柚子の香りがさわやかだ。

染は漬物を嚙みながら、店のことを思っているのだろうか、本所を思い出しているのだろうか。

しばらくして、染が口を開いた。

「で、何かわかったのかい？」

せいが巳之吉の両親が亡くなったこと、養育料をはずんだらしいこと、さらに往来で話しかけてきた女の話を伝えると、染は箸をおいた。

「巳之吉が売られなかったのは、武家奉公をしていたっていう、さがみの主の叔母さんのおかげかもしれないね。そういう夫婦だ。叔母さんが持っていた金を狙っていたんだろ。巳之吉をかわいがる叔母さんの機嫌をそこねて、出ていかれでもしたら大変だ。でも、この春、その人が亡くなったとなると、これからどうなるかね……悪党なら、厄介ばらいにとりかかるんじゃないかい？　そうなったら、おせいたちの手にはおえない。町役人をひっぱり出すしかないかもしれないね」

染がきっぱりいう。夫を先に失い、大店を長年切り盛りしてきた染は、町の役人や御用聞きのみならず、同心にも、女の身で相対していたことを、せいは思い出した。

七

巳之吉がとくとく亭に飛び込んできたのは、それから二日後のことだった。巳之吉は頬をはれあがらせていた。

「どうしたのよ、その顔」

父親に張り飛ばされたという。その日、父親は巳之吉にこういった。

――市川《いちかわ》の名主《なぬし》のところにおまえは働きに出ることが決まった。下男奉公だよ。

――いやだ。そんなところにいかねえ。

――つべこべいっても無駄だ。もう金はもらったんだから。

「金はもらったって？　一年めに給金など出ないだろ」

岩太郎は巳之吉の両肩をつかんでいった。

確かにおかしな話だった。小僧の間は給金はなく、盆暮れに小遣いをもらうだけなのだ。

「……一生、そこから帰れないって。もう決まったって。逃げてきても、金輪《こんりん》際《ざい》、この家には入れないって。おいら、嘘つきだから、そういうところにいかなきゃなんないんだって」

奥歯を嚙みしめた巳之吉の手を、せいは握った。

「そんな……。ほんとに？」

「これは嘘じゃねえ」

巳之吉は追い詰められた子猫のような目でせいを見た。

「間違いがないか確かめただけ。こんな大事なこと、嘘つくわけがないよね」

せいはそのとき、染の言葉を思い出した。町役人をひっぱり出すしかないといっていた。今がそのときだ。だが、どうやってひっぱり出すのか。ひっぱり出したらどうすればいいのか。

これからの手順をわかっているのは染だ。

「ちょっと、おかみさんを呼んできます」

せいは走って、長屋に戻ると、染の手を引いて戻ってきた。井戸端にいたイネとたつもあわてて追いかけてきた。

染はなんてん長屋の差配人・光三郎を呼んでくるように命じた。すぐにイネが光三郎の家に走る。光三郎は、以前、海苔《のり》問屋の番頭をしていた男で、なんてん長屋の差配人になって三年、近くの仕舞屋に、老妻のたけと二人住まいしている。

光三郎は、面倒ごとは御免だといわんばかりの様子でイネにひっぱられてきたが、男の子の運命がかかっていると染がびしっというと、表情を引き締めた。

巳之吉をとくとく亭にまかせ、みんなで明神下の自身番へと急いだ。

事情を聞いた明神下の町役人も当初は、のらりくらりとやりすごそうとしたが、話は人売り、人買いで町役人が放っておけるものではないと、染が理路整然と詰め寄ると、顔色を変えた。そしてさがみの主夫婦を呼び出した。

さがみの夫婦は、なぜ自分たちが呼び出されたのか、すぐにはわからなかったらしい。だが、市川での巳之吉の奉公先について尋ねると、むっと押し黙った。

「やっとのことで決まった奉公先でさ」

「市川の名主さんのところだとか」

染がいった。

「こちらさんは？」

「中坂に住んでいる人でな、おまえと巳之吉のことで話したいそうだ。井戸浚いで巳之吉と知り合ったそうでな。私たちも聞きたいので、正直に答えておくれ」

町役人がいうと、亭主の平助は露骨に嫌な顔になった。

「巳之吉の奉公先がどうかしたんですかい？」

「なんという屋号の名主さんか聞かせていただけますか？」

「ですから、それが何か」

「市川には懇意にしている大きな菓子屋がございます。その主に聞けば、たいていの名主さんのことはわかります。安心したいんですよ、巳之吉の将来がかかっていますから」

平助は鼻で笑った。

「腰をおちつけて働けるところでさ、ご心配いりませんや。はばかりながら、こちとらもらい子を八歳まで育てたんだ。来月には巳之吉はそっちにいってもらいやす。ご心配いりませんや」

「ですから、その名主の名を」

その途端、亭主の態度が変わった。

「つべこべうるさいんだよ。親が子どもを煮て食おうと焼いて食おうと勝手じゃねえか。もう金は受け取ったんだ。けえるぜ」

亭主は女房をうながし、立ち上がった。それを止めたのは町役人だった。

「その金とは何か。巳之吉を売った金か。この奉公については疑義がある。認めるわけにはいかないよ」

町役人がそういい渡した。


巳之吉をさがみにおいておくわけにはいかないと、頭を抱えた町役人に、自分が引き受けてもいいと名乗り出たのは岩太郎とかつ夫婦だった。

せいも染も知らなかったが、とくとく亭のふたりは六年前、二歳になったばかりの息子・喜一《きいち》を病で失っていた。よちよち歩きのかわいい盛りだったという。生きていれば巳之吉と同じ八歳になる。

「喜一だと思って育てますよ」

「神様が巳之吉に巡り合わせてくれたような気がするよ」

岩太郎とかつが穏やかな顔でいえば、いとも頬をゆるめる。

「これから私の弟分だ。ねえちゃんのいうことは聞くんだよ。ねえ、それにしてもなんで、うちの店を覗いていたの？」

巳之吉は、ようやく、前にとくとく亭で昼飯を食べたことがあったといった。

「ばあちゃんが連れてきてくれたんだ。店の人が、入れ代わり立ち代わり、おいらに声をかけてくれて、あれも食え、これも食えって。……井戸浚えの日に、この店を見た途端に、それを思い出して……」

かわいがってくれたおばあさんとの楽しかった思い出が、苛烈《かれつ》な運命から、巳之吉を救い上げる端緒《たんしょ》になった。

これでめでたしめでたしになると思いきや——。


岩太郎一家がもろ手をあげて迎えてくれたにもかかわらず、巳之吉はどこか所在なげにしている日々が続いた。

巳之吉は手習い所に通いはじめたものの、昼に戻ってきてからは近所の子と遊ぶわけでもなく、ひとりで店の周りをぶらぶらしている。

昼の仕事を終え、せいが店の外に出ると、巳之吉がなんてん長屋の木戸の前で、ひとり、石を蹴っていた。群れて遊ぶ子たちから離れてたたずむ巳之吉の周りは、そこだけしんとしている。

「さがみの人たち、出ていっちゃったって」

巳之吉を売り飛ばそうとしたこと、以前にも、赤ん坊を売り渡したという噂がどこからともなく広がって、古着ならぬ人売りの店だと悪評が立ち、町にいられなくなり、さがみの一家は夜逃げしたらしかった。

「どこに行ったの？」

巳之吉は顔をあげ、せいを見つめた。

「わからない。遠くだと思う」

せいは巳之吉が喜ぶとばかり思ったが、そうではなかった。

「……みんな、おいらを捨てていく……」

巳之吉は低い声でつぶやいた。細いうなじにおくれ毛が震えている。

「おばあさんはかわいがってくれたでしょう」

「死んじまった」

「おばあさんのことを巳之吉が覚えているでしょ。おばあさんは亡くなっても、ずっと巳之吉の味方だよ」

「……」

「それに巳之吉には新しい家族ができたじゃない」

「ほんとの親じゃない。いつかまたおいらを捨てるかもしれない」

素直じゃない。それも無理はないのかもしれなかった。

おばあさんと呼んでいた武家奉公上がりの人が春に死んでから、巳之吉は「捨て子、捨てられた子」とさがみの夫婦に始終、いわれ続けたのだ。それまでだって、夫婦は巳之吉を安心させるような物いいはしなかったに違いない。

自分は人にかわいがられる子どもではないと巳之吉は思い込んでいた。

「捨てないよ」

せいは逃げ出したいような気持ちを抑え込んでいった。こんな大事な話に自分がつきあい、向き合うなんてことはなかった。自分なんかが、人の生き方に関わる話をしたら迷惑かもしれない。うるさがられるだけかもしれない。よけいなことをいってうとまれるくらいなら、何もしない方がいい気もする。だが、巳之吉の心細さを思うと、捨て置くこともできなかった。

「何かあったら、また捨てられるかもしれない」

せいは巳之吉の手を握った。

「捨てたりしないよ」

「おいらが嘘をいっても？」

「嘘をつくの？」

「……嘘をついたこともある」

「知ってる」

「町の人に大嘘つきといわれてたんだ」

「うん。みんなもたぶん知ってる。でも大丈夫」

「大丈夫ってどうして？」

「巳之吉がさびしかったって知ってるから」

「……」

「信じてごらん。みんなが巳之吉を好きだって」

「そんなわけあるかな」

「あるよ。とくとく亭の新しいおとっつぁんとおっかさんは本当に巳之吉をかわいいって思ってるもの。巳之吉、もっと甘えていいんだよ」

引き取ってからというもの、どこか白けている巳之吉に、岩太郎とかつはいつも一生懸命だ。

——おかわりはいいのかい？　売るほど飯はあるのだから、たくさん食べなよ。

——おまえは魚の食べ方がうまいな。きれいに骨だけ残して。たいしたもんだ。

——おいで、顔が汚れてる。ふいてあげる。

——祭りで、子ども神輿をかつぐか？　おかつ、半纏をこさえてやれ。

ふたりの姿を見ながら、子どもが親を求めるだけでなく、親も子を求めるのかもしれないとせいは思わされた。岩太郎とかつは巳之吉に寄り添おうともがいていた。

「でも、甘えるって、どうしていいかわからねえよ」

せいは言葉に詰まった。せいだって、人に甘えられない性分だ。

「実をいうと甘えるの、私も苦手でね。どうしたらいいんだろ」

「……そっちもわかんねえのか」

「まあね」

「……覚えられるかな」

ぽつりと巳之吉がつぶやく。せいがとんと手を打った。

「覚える？　そうだよ、これから覚えればいいんだ」

せいがそういうと、巳之吉は目を見張った。

蟬《せみ》が鳴き出した。せいは空を仰《あお》いだ。真っ青な空に、もくもくと白い入道雲が湧いている。八歳の巳之吉、二十五歳のせい。年も経験も違うし、今さらと思わないでもないが、今からの人生の方がせいだって長い。

覚えられるかな？　私も甘えるということを。

「……ふたりでやってみる？」

巳之吉がこくんとうなずく。その顔に、笑みがゆっくりと広がった。

第二章　ごねるは損

一

「鯵《あじ》の塩焼き。飯は大盛りで」

「あ、こっちは穴子《あなご》丼ふたつと、塩焼きひとつ」

「はい。ただいま」

「姐《ねえ》さん、早くしてくんな」

今日も、とくとく亭は大入り満員だ。

昼の定食はふた種類とはいえ、客の顔と順番、注文の品を間違いなく、客に出すのは並大抵ではない。客の風体《ふうてい》は似たようなものだし、一度に何人も店に入ってくることもある。

と、ひとりの男が立ち上がり、せいに向かって怒鳴《どな》った。

「おいらの方が早く来たのに、後に来たあいつが先に食ってやがる。順番、間違えやがったな」

「すみません。ただいま、お持ちします」

目を怒らせている男に頭を下げながら、またただ、とせいは身を固くした。何かというと文句をたれる桶《おけ》職人の安助《やすすけ》だった。

店内は男たちの人いきれでむんむんしているが、忙しいときにはお互い様という暗黙の了解があり、安助のように店の者にいきなり食ってかかる者は滅多にいない。

せいは唇を引き締め、鯵の塩焼き定食をその男の前においた。

「お待たせして、申し訳ありませんでした」

「なんでおいらの注文が遅くなったんだ。この間も待たせてくれたよな。おっと、だんまりかい？　黙っていれば嵐も過ぎ去るって寸法だろうけど、今日はそうはいかねえ。おいらをいつも後まわしにするわけを、聞かしてもらおうじゃねえか」

安助は口をとがらせ、ねちっこくいった。

せいが間違えたわけではなかった。

安助は、鯵の塩焼きにするか、穴子丼にするか、すぐには決めなかった。その間に次に入ってきた客が注文してしまったのだ。だいたい、別の客に早く出したといっても、まばたきするほどの間の違いに過ぎない。

安助は数日前にも注文したものが来るのが遅いと大声を上げた。

——すみません。でもそちらさまの前に、向こうさまがご注文なさったもんですから。

——そんなはずねえだろ。

——いえ、本当です。向こうさまは腰を落ち着ける前にご注文くださって。

——おめえ、おいらをたばかっているのかい?

途端に周りから声があがった。

——いちいちうるせえな。

——今、店は忙しいんだよ。てめえがごねると、待ってる客が迷惑するんだ。

——ちっちゃいこと、どうでもいいじゃねえか。

安助はしぶしぶひっこみ、すっかり飯を平らげた。にもかかわらず、帰り際、応対が悪かったので半値にしろとせいに迫った。

——そういわれても。

──順番を飛び越えられて、ないがしろにされて。

──ですからそれはそうじゃなくて。

──こんな目に遭《あ》わされて、了見できねえっていってんだよ。

満座の中で他の客にやりこめられた悔しさもあったのだろう。ぎらぎらした目で詰め寄られ、せいが困っていると、帳場にいたかつがあわてて出てきて、話を引き取り、男に頭を下げた。そして半値に割り引いた。

半値にすることなどなかったのに。せいは後ろめたいことなどひとつもしていなかったのに。

また安助は、この間と同じように、いちゃもんをつけて銭を払わないつもりかと思うと、やり切れなかった。

「兄さん、静かにしてくれ。兄さんの前にはちゃんと、注文したお膳がおいてある。もうそれでいいじゃねえか」

「急いでいるんだろ。つべこべいわず、さっさと食え」

「じゃなきゃ、出ていけ。飯がまずくなる」

今日は運のいいことに、威勢のいい鳶《とび》の客がぞろっとそろっていた。これ以上ごねたら、強面《こわもて》の鳶たちは安助をつまみだしそうだ。いっそのこと、そうしてもらった方がいいような気がしたが、安助は鳶たちをちらっと見ると、しぶしぶ食べはじめ、仏頂面《ぶっちょうづら》で金を払って帰っていった。

昼の商いが終わって暖簾《のれん》を下ろすと、手習いから帰ってきた巳之吉も一緒にまかないの膳を囲む。

「祭りの間は昼の定食はなし、夜だけ店を開けるつもりだが、おせいさん、頼めるかい」

「はい。もちろんです」

「よかったよ。祭りの日は休みたいっていわれたら、どうしようと思ってたんだ」

かつは笑顔でいった。

どんぶり飯には、煮穴子の切れ端が少しばかりのっている。それに客に出すものよりやや小ぶりな鯵の塩焼き、みょうがときゅうりの和《あ》え物、小松菜と油揚げの煮びたし、茄子《なす》の味噌汁。すべて商売ものの残りだが、こんなご馳走《ちそう》を毎日食べられるというだけでも、とくとく亭で働き始めてよかったと思う。

岩太郎が修業した滝山は、今も旗本や大店の食通に知られる料亭だ。そのまま働いていれば、板場を仕切る花板《はないた》になるだろうといわれていたという。それなのに、利の少ない一膳飯屋《いちぜんめしや》を開くことにしたのは、うまそうにもりもり食べる人の顔を見たいからだと岩太郎はいう。

――値段を気にせず、贅沢《ぜいたく》な料理を作るのは確かにおもしろいし、やりがいもある。けどよ、一口食って、うめえ、全部食って、ああ、うまかった。腹いっぱいだ。今日はいい日だなぁ。明日もしっかり働くぞ！　っていう客のためにおれは料理を作りたいんだよ。

今日の煮穴子はコクがあり、身はふっくら柔らかく、口の中に入れると、ほろりとほどける。鯵の塩焼きも絶品だ。身が締まり、脂《あぶら》がのっていて、焦げ目の香ばしい匂いが食欲をそそる。

巳之吉は息もつかず、夢中で食べていた。さがみでは飯は茶碗に半分、魚はほとんど食べたことがなかったという。棒っきれのような足をしていたわけだ。

毎日、岩太郎とかつに食べろ食べろといわれ、おかわりをするようにもなり、近頃では少し頬《ほお》のあたりがふっくらしてきた。

「こんなうまいもん、食ったことがない。煮穴子、おいら、大好きだ」

かきこんでいた箸を止めて、巳之吉は、はあっと息をついて、笑った。岩太郎が目を細める。

「そうかぁ、煮穴子、好きか」

「うん」

「おれも子どものころ、煮穴子はうまいもんだなぁと思ったよ。太巻きの中にちろっと入っていただけだったけどな」

「穴子が入ってる太巻き、いいなあ」

「今度こしらえてやるよ」

「煮穴子はどうやって作るの？　穴子を醬油《しょうゆ》と砂糖で煮ればいいの？」

巳之吉が岩太郎に聞いた。

「ただ煮るんじゃない。穴子は生臭いんだ。割《さ》いた穴子を一度茹《ゆ》でて、血合いをきれいにとる。それから醬油やみりん、砂糖、酒で作った甘辛いたれを染み込ませ、じっくりと煮込むんだよ」

岩太郎は嚙《か》んで含めるようにいった。

「一度茹でるのか。へぇーっ」

巳之吉は鯵の塩焼きを口に運ぶ。

「これもただ焼いただけじゃないのかい？」

「ああ、鯵の塩焼きにもいくつかコツがある」

「いくつか？」

「順序立てていうとな、まず、焦《こ》げやすい尾やヒレの焼き過ぎを防ぐために、塩をつけてやらなくちゃなんねえ。これを化粧塩《けしょう》っていうんだよ」

「化粧塩？　白粉《おしろい》ってことか」

「よく知ってるじゃねえか。化粧塩をすると、尻尾とヒレを形よく焼き上げられるんだ。ほら、ピンとしているだろ」

「塩で固められて、皿の上で泳いでるみたいだね」

「料理は見た目も大事だからな。化粧塩の次には、胴体に酒をふって、塩を指でうっすらとまぶしてやるんだ。酒をふっておくと塩がつきやすいんだよ。そして焼く直前に、尺塩、一尺（三十センチ）ほど上からもう一度、塩をぱらぱらと全体にふる」

岩太郎は塩をふるまねをした。

「そんなに上から？」

「ああ。こうすると、まんべんなく全体に塩がいきわたるんだよ。そして、強火で皮をぱりっと焼く。弱火はだめ、強火がいい」

岩太郎は巳之吉に料理のことを教えるのが嬉しそうだった。

「そうだ。ぱりっと、だ」

岩太郎が笑った。かつもいとも、目元をゆるめて、そんなふたりを見つめている。少しずつみなの距離が近づいていた。

それから、安助の話になった。かつはお茶を淹《い》れながら、ため息をつく。

「何が不満なのか、人に当たり散らさないと気が済まない性質《たち》らしいんだよ」

かつは安助について探りを入れていたらしい。安助は隣町の坂下町《さかしたちょう》の長屋にひとりで住んでいるという。

「子どもが遊ぶ声にも目くじらをたて怒鳴り散らす。落ち葉や桜の花びらが舞い込むといっては、隣んちに乗り込んで行って、文句を並べる。子どもがいる家族は、安助を怖がって、なにかあってからじゃ遅いからと次々に越していっちまったって」

「お互い様じゃないか。子どもじゃなかった大人《おとな》はいねえんだ」

岩太郎がぶすっとした声をあげた。

「そういう気がまるっきりないんだよ。だから喧嘩《けんか》も絶えなくて、口論になったあげく、相手を殴りつけて、御用聞きの世話になったことも一度や二度じゃない

「物騒だな」

「それでも長屋から追い出すことはできないんだって。できるのは自分らが出ていくことだけ。だからあの長屋には子どもがひとりもいないんだそうだよ。年中、静かにしてる子どもなんていないもの。悔しいねぇ」

いとも口をとがらせる。

「うちの店でも、因縁《いんねん》つけてばっかりじゃない。そんなに文句があるなら、こんな店に来なきゃいいのに」

「こんな店っておまえ、自分ちなのに」

「だってぇ」

安助の険《けん》のある目つきを思い出し、せいは眉をよせた。

「おいとちゃんのいう通りですよ。一度だってあんな風に居直ったら、決まりが悪くて普通、顔を出せないはずなのに」

岩太郎が腕を組む。

「おせいは二度もつっかかられて、怖い思いをしただろ。すまなかったな」

「旦那さんのせいじゃ……」

「こっちがおとなしく出てるから、なめてんのよ」

いとがふんと鼻から息をはいた。かつはお茶をぐびっと飲んで、音を立てて湯《ゆ》呑《のみ》を置いた。

「藪《やぶ》せいは出入り禁止にしたって」

「藪せいって、門前町のお蕎麦《そば》屋さんですか」

「ああ。お運びの娘を突き飛ばしたらしい」

蕎麦が伸びていると文句をつけた安助に、娘がそんなはずはないと売り言葉に買い言葉でいい返したら、つかみかかったというのだ。

せいといとは顔を見合わせた。そんなことをされたらたまらない。

「それで主《あるじ》が安助を店の外につまみだし、代金はいらねえ、ただし、二度とうちの暖簾をくぐらないでくれと、大勢の前でいい渡したってさ。藪せいの主は御用聞きだからな」

「うちには男手があんたひとりだからねぇ。どうにもなんないよ」

かつはあきらめたようにつぶやく。ひょろひょろにやせていて、どう見ても喧嘩になど縁のなさそうな岩太郎はあきらめたようにあごをなでた。

「相手にしねえのがいちばんさ」

「とにかく安助には気を付けておくれ」

ちょっとの我慢で居心地よく暮らせるなら、それも生きる手立てだと思わないでもない。だが、こんなたちの悪い男に、それしか方策がないのだろうか。やれることは、安助が来ないようにと祈るだけ。やられたらやられっぱなしの泣き寝入り、結局は神頼みかと、せいの口からため息が出た。

二

まかないを終えると、せいは店を出た。巳之吉がせいにまとわりつくようについてくる。

「今日の手習い、どうだった？」

「まあまあ」

「まあまあって？」

「まあまあ」

巳之吉はくすっと鼻をならす。せいは肩をすくめた。

「まあまあならいいか」

巳之吉は評判のいい手習い所に通い始めたのだが、すぐにかつが師匠から呼び出されてしまった。

巳之吉が勉強に身を入れない。じっと座っていることさえできず、何かというと、立ち上がり、うろうろしはじめる。ついには、態度を改めないならば他の子どもの勉強にさしつかえるのでやめてもらうといい渡されてしまった。

「一に師匠、二に旦那寺《だんなでら》」といわれ、一度手習い所の師匠に弟子入りすれば、一生のつきあいといわれる。手習い所から追い出されることはとんでもない不名誉でもあった。

せいは肝がやけてならなかった。やっとさがみを出て、情の深い岩太郎とかつに巡り合って、巳之吉の穏やかな日々がはじまったというのに。

——出来の悪い子でも、教えてくれる手習いがあるよ。そこに行ってみたら。

と教えてくれたのは、イネだった。湯島天神の裏手にある切通町《きりどおしちょう》の、福寿寺《ふくじゅじ》の坊さんが営んでいる手習いで、イネの三人の子が通っているという。

福寿寺の師匠は五十過ぎの住職で、普段は優しくにこにこしているが、子どもが悪いことをしたら半刻以上座禅《ざぜん》を組ませるとの評判も聞こえていた。だが、巳之吉は拍子抜けするほど、こっちの手習い所にはすんなりなじんだ。

しばらくして、巳之吉はせいに打ち明けた。

前の手習い所では、師匠が巳之吉を、ことあるごとに「いちばん出来の悪い子」といったという。

手習い所には六歳の六月から通うのが一般的であった。八歳の巳之吉は二年も人より遅れていたのだ。巳之吉は六歳の子よりも出来が悪かった。いろはも読めない。書けない。足し算も引き算もできない。算盤《そろばん》はさわったことさえない。

物心ついてからは働きに出されていたから、子ども同士で遊んだことがなく、他の子どもたちともうまくいかなかった。そのくせ、負けん気だけは強い。

前の手習い所の子どもたちは、巳之吉を「八つなのに、字も読めない」と侮《あなど》り、はやし立て、仲間外れにした。師匠はそれを止めなかった。

——そうだったんだ。よかったよ。そんなところから逃げ出して。そのときに、つらいって、教えてくれたらなおよかったのに。

——そんなことといったら、とくとく亭のおとっつぁんもおっかさんも悲しむだろ。

——うん。かわいい巳之吉がそんな目に遭ってるとわかったら、悔しいし悲しいし腹も立つだろうねぇ。

――お師匠さんはおいらが悪いっていってたし。

――違うよ。話を聞いて、頭がかっかとしてきた。おかつさんも岩太郎さんも、巳之吉を守らなきゃって思うに決まってる。

――そんなことあるかな？

――巳之吉は今まで手習い所に通ってなかったんだもの。わからなくて当たり前。出来が悪いなんていわれる筋合いはないよ。少しずつ覚えれば、いつかちゃんと読み書きができるようになる。大人になるまでにわかればいいんだから。

せいは今も自分のようなものが、人に対して踏み込んだことをいってはいけないと思っている。

けれど、巳之吉に気持ちをぶつけられて、せいは本心でつきあうようになった。それから巳之吉とせいは、ときおり、こんな風に打ち明け話をしている。巳之吉は本音をもらし、せいはそれを一生懸命に聞く。

今もせいは他の人に立ち入ったことはいわないが、巳之吉には違う。

子ども扱いしないせいを、巳之吉は少しだけ信頼してくれているのかもしれなかった。

「じゃ、がんばってね」

巳之吉と別れると、せいは「ただいま」と中に入った。

「おかえり。では。ちょっと行ってきます」

入れ替わりに、染が戸口から出ていく。すぐに向かいの長屋から、巳之吉、イネの娘の梅、末っ子の鷹次郎の声がした。

「先生！」

「こんにちは」

「おかみさん、今日も子どもたちをよろしくお願いします」

イネの声が続いた。

巳之吉の勉強が遅れているのを、かつと岩太郎は気に病《や》んでいたが、店が忙しく自分たちが教える暇はない。そうと知った染は、だったら、自分が長屋で読み書きと算術を教えてもいいと申し出たのだった。巳之吉の昼食の後に。

けれど、狭い九尺長屋のこと。

染が巳之吉に教えている傍《かたわ》らで、せいが仮眠をとるわけにはいかないと困っていたところ、イネが自分の長屋を使ってくれといってくれた。ついては、巳之吉と一緒に、七歳の梅と六歳の鷹次郎にも教えてくれないかと。

梅は算術が苦手で、鷹次郎は人よりものを覚えるのに時がかかる。一人を教えるのも三人を教えるのも変わりないと染が快諾《かいだく》すると、イネはさっそく近所の家から天神机《てんじんづくえ》をもらってきた。

そして、イネはこの時間、請け負っている針《はり》仕事を、上がり框《がまち》に座ってこなすようになった。みなの勉強ぶりに目を光らせながら、イネが入口をどんと塞《ふさ》いで、針仕事をしているのだから、子どもたちも神妙である。

――それにしてもお染さん、算術もできるし、字もきれいだし、子どもたちの気もそらさない。たいしたもんだよ。自身番でさがみの亭主をやりこめたのも、伊達《だて》じゃなかったし。なんでも、娘時代は手習い所のお師匠さんになりたかったんだってね。

確かに自身番での染には、せいも舌を巻いた。沈着冷静、淀みなく、さがみの亭主を追い詰めた。イネやたつはもちろん、町役人も染の弁の見事さと、肝の据わり具合に、さすが名店の女将だと感心したのだった。

しかし、染が手習い所の師匠になりたかったなんて。せいも初耳だった。だいたい、イネからそう聞いて、染にも娘時代があったのだと気付いたくらいである。

娘時代、染はどこでどんな風に暮らしていたのだろう。俵屋の嫁に入るくらいだから、どこぞの大店の娘だったに違いない。だとしたら、せいのところになど転がり込まず、まっすぐに実家を頼ってもよさそうなものだ。染の実家は江戸府内ではなく、遠方なのかもしれなかった。

湯屋からせいが戻ってきても、染と子どもたちの勉強は続いていた。せいは自分の長屋で布団《ふとん》を敷いてころんと横になると、すっと眠った。目を覚ますとちょうど、染が戻ってきたところだった。半刻ほど寝たようだった。

「おイネさんから、きゅうりの漬物と茄子の揚げびたしを分けてもらったよ。これで夜のお菜ができました」

近頃は毎日のように、染はイネからお菜を分けてもらっている。どうやら、それがふたりの子どもの束脩《そくしゅう》代わりのつもりらしい。巳之吉の分は、毎月晦日《みそか》に何がしかのものを包むと、かつはいっていた。

「おイネさん、料理上手だから」

「そのおイネさんから聞いたんだけど、隣町の銭湯が今月で店を閉じるってね」

「越後湯《えちごゆ》？　でもどういうわけで？」

「さあ。おイネさんも聞いたばかりでわけがわからないって」

「そういえば、今日、だるま湯《ゆ》がずいぶん混んでた。知らない顔も結構いたような」

だるま湯は、この町の者が通う湯屋だ。

「越後湯からだるま湯に流れてきているのかね」

「隣町には湯屋はひとつだから、いずれは越後湯からだるま湯に人が移るんだろうけど」

「倍の人が通うとなると、こりゃ大変だ」

湯屋でのんびりするどころじゃなくなると、せいの口がへの字になった。

三

夜のとくとく亭でも、越後湯の話が出た。

「亭主の一平《いっぺい》さんが二年前に亡くなってから、女房のおひでさんと、出戻り娘のおかよさんががんばっていたのになぁ」

「女手で大変だから応援を頼むってあの町の連中にいわれて、おいらもわざわざ通ったこともあったんだけどな」

「おう、おいらもよ。おひでさん、町の人のために自分たちが湯屋を守っていくって気丈《きじょう》にいっていたよな。そのおひでさんがやめる決心をしたって、よほどのことだろ」

「……まさかおひでさんが体を悪くしたとか？」

「そうとは聞いてねえが」

「釜焚《かまた》きのおっさんがいたよな。八兵衛《はちべえ》だったか、名前だけは立派な、歯かけのじいさんが。岡湯《おかゆ》の湯汲《ゆくみ》のじいさんはなんて名前だっけ？　あのやせてあばらが浮いている」

「……湯汲のじいさんかい。ああ、なんだっけ。喉《のど》もとまで出ているんだが……忘れた」

「忘れた？　おめえ、ときどき越後湯に通ってんだろ。あのじいさんに世話になってんのに、名前を忘れてどうする。頭、大丈夫か？」

「おいら、名前が右の耳から左の耳に抜けていっちまう性分なんだよ。あ、ちょっと待て。出てきそうだ。……湯汲のじいさんは……や、や、弥八《やはち》だ」

「そうだそうだ。弥八。よく思い出したな。まだぼけちゃいねえ」

「ぼけだと？　てめえだって、人に聞いて思い出した口じゃねえか」

「人の名前がつるつると出てくるような上等な頭じゃねえんだよ、こちとらも。で、八兵衛と弥八、末広がりつながりのふたりがどうしたって？」

「噂《うわさ》だけどな、腰をやっちまったって」

「ふたりともか？」

「ああ」

「腰かぁ……厄介だな、いい年だろ」

「還暦がらみだ」

「治るまで長くかかるな」

「治りゃ、上等よ」

「けど釜焚きと湯汲がいないと、湯屋は困るんじゃねえのか」

「困るに決まってらぁ。釜焚きがいなけりゃ、湯は沸かせねえ。水風呂だ」

「湯汲がいないのも困るぜ。湯汲が上がり湯をさっと渡してくれるから、気持ちよく湯屋を後にできるってなもんで。とりあえず、釜焚きは口入屋に頼み、湯汲は近所の坊主が入れ代わり立ち代わりやってるそうだが」

湯汲とは、浴槽の前で、上がり湯を柄杓《ひしやく》で客に渡す役目である。

「なんで入れ代わり立ち代わり？」

「のぼせるから」

「二階の休みどころも閉めてるってよ」

「ええ～⁉ なんで閉めてんだよ」

「茶汲女がやめちまったってさ」

「休みどころがない湯屋なんて、あんこの入ってない饅頭《まんじゅう》みてえなもんじゃねえか」

「いいこというな、おめえもたまには」

「ありがとよ。でもそれじゃ、男客が寄ってこねえ。金も落ちねえ。もうからねえ」

　風呂から上がった男客は、脱衣場から二階の座敷に上がって、茶を飲み菓子を食べ、世間話をしたり、将棋《しょうぎ》や囲碁《いご》などをする。これが隠居や暇人の一日の楽しみだった。安い湯屋代に比べ、二階の休みどころはもうけが大きい。

「釜焚き、湯汲、茶汲女がいないとは、ないない尽くしだ」

「人手不足で湯屋を閉めるってのか？」

「けど、越後湯がなくなりゃ困るぜ。ちっちゃい子を連れて、毎日、遠くの湯屋まで通うなんて。今はいいとして、冬はてえへんだ」

「夏だって晴れた日ばかりじゃねえよ」

「誰か、越後湯を引き受けてやろうって人はいねえのかねぇ」

「おめえが買ってやれよ」

「そういうおめえがぽんと金を出しな」

「懐《ふところ》に風が吹いてなきゃな」

「けど、あれも楽な商売じゃないっていうぜ」

風呂の掃除、水汲み、湯沸かし、番台、火の始末はもとより、二階の休みどころの運営、さらには客同士の喧嘩《けんか》の仲裁、板の間稼《かせ》ぎの見張りなど、湯屋にはしなければならないことが山ほどある。

ちなみに板の間稼ぎとは、粗末な衣服で来て、金目になりそうな高価な他人の着物を着て出て行くというケチな盗人《ぬすっと》のことだ。

「番台や三助なら引き受けてもいいけどよ」

「すけべ心を持ってるやつに、誰も頼まねえよ」

「そのいい方、ひっかかるな。ところで娘のおかよちゃんって、いくつだっけ」

「娘ってったってなあ、二十半ば過ぎだ」

「その娘を二階にあげて、茶汲女をやらせればいいじゃねえか」

「わかってないねぇ。二十も半ばを過ぎたら、とうがたっているだろうが。女であればいいってもんじゃないよ。若くてかわいくなくちゃ。……おつかれさまでした。お風呂でゆっくりできました？　お茶いかがです？　お団子もありますよ。今、お持ちしますね……てな具合に、初々《ういうい》しく、世話をやいてもらいたいんだから」

「はい、おかわりのお酒」

せいはそっけなくいって、ちろりを男たちの前に置いた。

かよという女がとうがたっているとしたら、自分だってそうだ。

見てくれも、稼ぎもぱっとしない男たちが、よくもそういうことをぬけぬけといえるものだと、せいは冷たい目を向けたが、男たちは話に夢中で気付かない。

「おかよちゃんが別れた理由は、亭主の浮気だっけ」

「よくそんなこと知ってるな」

「一時、噂になってたからさ。亭主が若い女にうつつを抜かしたって」

よくある話だ。

ひとりの女に一途になる男もいるが、別宅に女を囲う男もいれば、あちこちでつまみ食いをして歩く男もいる。

実をいえばせいにも、苦い思い出がある。

俵屋で働いていた五年前、二十歳《はたち》になった年だった。湯屋に行った帰りに、たまたま屋台に立ち寄った。長腰掛に座り、蕎麦を食べていると、横にいた男に声をかけられた。

——よく蕎麦を食べに来るのかい？

——……初めてです。

——そうなんだ。べっぴんだなと思って声をかけちまった。ごめんよ。

男は紬の着物をぱりっと着ていた。人懐っこい表情で、年は二十六、飾り職人だと続けた。せいが舞い上がったのは、男が優しげで姿もよかったからだった。

——ここの蕎麦、うまいだろ。おいらはこの蕎麦が贔屓《ひいき》でね。屋台のおやっさんとは長いつきあいなんだ。

最初の出会いはそれだけだった。せいは、また会えるかもしれないと、毎日のようにその屋台をひそかに覗くようになった。

男がひとりで、夜、屋台の蕎麦を食べている、つまり、その男は家族持ちではないだろうと踏んだからでもある。

通い詰めたかいがあり、せいは数日後、その男にまた会うことができた。

——あっ、この前の娘さん。ついてるな。また会えるなんて。でもいいのかい？こんなところで蕎麦を食べていて。待っている人がいるんじゃないのか？

——いいえ。

——でも、みんな放っておかねえだろう。そのかわいらしさじゃ。

——そんな人、いません。

——信じられないなあ。

そんなこんなで、三日に一度、会うようになるまで時間はかからなかった。ふたりが話しこんでいるのを見て、一度、別の客にはやされたこともある。

——お安くないね。兄さん、この子にほの字なんだろ。

——わかっちまったかい。かわいいだろ。そのうえ、すごくいい子なんだ。

嬉しくて気恥ずかしくて、せいの口から心の臓が飛び出しそうだった。その日、せいは男に手を握られたのだ。

だがそれから二日ばかりした日、せいは男が女と歩いているのを町で見かけてしまった。仲良さげに二人は笑っていた。女は腹が大きかった。

妹かもしれない。ただの知り合いかもしれない。女房とは限らないじゃないか。

翌晩、約束の日。せいは早めに屋台の蕎麦屋に行った。屋台の親父が声をかける。

――今日は早いね。

まだ周りには誰もいない。

――あの人、昨日、女の人と歩いていたの。……あれ、誰だったんだろう。

――女房じゃないのか？　もうすぐ子どもが生まれるって聞いたよ。

驚きのひとことが蕎麦屋の親父から返ってきた。

その時のことは、今でも忘れられない。

せいは頭から水を浴びせられたような気がした。舞い上がっていた自分が情けなくてみじめで、消えてなくなりたかった。

――あいつが女房持ちだって、知らなかったのかい？　そりゃ悪かったな。姉さんのようないい女を見て、虫が騒いじまったんだろ。姉さんとしゃべるのが楽しそうだったもんな。でも何かされたわけじゃないんだろ。

かーっとせいの頭に血が上った。ひとりもののような顔をして、思わせぶりに女に近づき、手を握ったりしたのは、何かしたことに入らないのか。踏みにじられたせいの気持ちはどうでもいいのか。

男と一緒になることに、せいが前向きになれないのは、こんなことがあったからかもしれない。夢だけを見ていられる娘とは、違うのだ。

四

翌日、昼のまかないを食べ終えて帰ってくると、せいはふと思いついて、いつも通っているだるま湯ではなく、越後湯を自分におごることにした。

せいはだるま湯の羽書《はがき》を毎月買っている。羽書は、ひと月分の湯屋代をまとめて支払うもので、ふりの客なら入浴料が毎度六文なのに、一か月百四十八文。一日に何度湯屋に行っても、値段は変わらない。

六文の出費だが、女手でがんばってきたという越後湯を一度だけでも見ておこうと、思ったのだった。

西に通りを進んで辿り着いた越後湯は古いがよく手入れの行き届いた湯屋だった。入口を入ると土間で、右が女風呂、左が男風呂でそれぞれ暖簾がかかっている。中に入ると、番台があり、母親のひでと思《おぼ》しき五十近い女が座っていた。

「見慣れない顔だね」

「中坂に住んでいるんですよ。今日は、この近くに用事があって」

「それはそれは、御足労だったね。ごゆっくり」

銭を払って、壁際に三段の衣棚《ころもだな》が備えられた板間の脱衣所にあがった。

本当に客が少ない。というより、いない。がらんとしていて、ちょっと気味が悪いほどだった。

手早く着物を脱ぎ、洗い場に行った。脱衣所と洗い場には仕切りがなく、洗い場の真ん中は低く谷状になっていて、水がそこに流れこむようになっている。

洗い場で体を洗い、奥の柘榴口《ざくろぐち》の低い鴨居《かもい》を、腰をかがめて通り抜け、浴槽に入る。中は薄暗く、人影がかろうじてわかるくらいだった。ひとり、先に入っていた人がいたので、せいはちょっとほっとした。

「田舎者《いなか》の冷えもので、ごめんなさい」

「おゆるり」

しわがれた声が返ってきた。これは湯屋ならではの、不慣れなもので無礼があったり、冷えた体があたったりしたらごめんなさい、という決まり文句だった。

湯の熱さが心地よい。

「あぁ」

思わず、せいの口から声が漏れ出た。

「いい湯だろ。この湯屋が閉まるなんてねぇ」

しゃがれた声がいった。

薄闇に慣れた目に、年寄の女の顔が映った。

「本当に残念ですね」

「今からでも思いなおしてくれればいいんだけど」

洗い場に戻ると、そのすみにひっそりと湯汲女がいた。姉さんかぶりをして顔が陰になっている。

「上がり湯、お願いします」

「……はい」

ぼんやりした声でいい、柄杓を渡してよこした。

この時分は本来なら、子ども連れの女が湯屋にあふれているはずだ。男湯では隠居や、早帰りのやっちゃば勤めやらが、自慢の声でうなっていたりする。

だが、男湯からも話し声がしない。子どもの声も、湯を流す音も響かない。こんな活気のない湯屋はなかった。

ここが閉じることを知り、みな、他の湯屋に鞍替《くらが》えしたのだろうか。

だとしたら、愛着のある湯屋にずいぶん冷たい仕打ちじゃないか。せめて最後の日まで通いつめ、盛り立ててやるのが神田っ子じゃないか。

脱衣所でせいが着替えていると、老婆もあがってきた。客がいなくなったから か、湯汲女も引きあげてくる。老婆は帯を結びながら振り返った。

「おかよちゃん、ほんとにやめちまうのかい」

「へえ」

せいはふり返って女を見た。湯汲女はさっぱりした浴衣《ゆかた》に着替え、顔の汗を拭いている。

母親のひでと一緒に越後湯を営んできたという、出戻りのかよだ。

「町のもんは、みな、がっかりしているよ」

「このありさまだもの。口では困っただの残念だのといったって、みんな、もう別の湯屋に行ってるんでしょ。こうなっちゃ、もう仕方ないのよ。おばさんくらいよ、我慢して来てくれるのは」

かよは疲れた様子で、幾分、投げやりにいった。

「それだって、おかよちゃんたちのせいじゃない。あの男の……」

老婆の声を、男の怒鳴り声がかき消した。

「あちち、岡湯でおれをやけどさせるつもりか！」

かよが「まただ」とつぶやいて唇を噛んだ。帯を急いでしめ、かよは飛び出していく。

「乱暴はやめておくれ」

やがて何かを蹴る音がして、ひでの悲鳴があがった。

「これで金をとろうなんて、湯屋の風上にもおけねえ。上がり湯が熱過ぎる。おれを赤剝《あかむ》けにしようって魂胆《こんたん》か？　あやうく大やけどをするところだった。謝れ」

「そんな……」

「ふざけるなよ謝れ。頭を下げろ。薬料もつけてもらおうか。そうだな、二分ほど包んで寄こせ。婆ぁ、出せっていったら出せ」

かよを追いかけていったせいの目に、男が番台のひでにすさまじい勢いで詰め寄っているのが見えた。湯汲と思われる男の子が泣きそうな顔でおろおろとしている。

大声でごねている男は安助だった。

とくとく亭でも、半値にしろとごねた男。目が血走っている。

「二分だなんて……うちはひとり六文の商いをしているんですよ。この間も、そうやって金をむしりとって、勘弁してくださいよ……」

どんとまた、番台を安助が蹴った。誰か、屈強な男でも入ってきてくれればいいのに、暖簾はそよとも揺らがない。

「おっかさん、こんな奴に金なんか出すことないよ」

かよがたまりかねたように間に入った。

「そうだそうだ。たかりに金を渡すことはないよ。おまえのせいで湯屋がなくなるって、町の者は知ってるんだ。みんな、困ってるんだ」

堪忍袋《かんにんぶくろ》の緒《お》が切れたとばかり、唾《つば》を飛ばしていった老婆を安助がにらんだ。

安助が老婆に手を伸ばす。危ない。思うより先に、せいの体が動いた。

どぉーん。

気が付くと、せいは壁にぶつかり、床を転がっていた。頭がくらくらする。鼻の下にぬらりといやな感触がある。そこに触れた手を見て、せいの口から悲鳴があがった。

「ち、ち、血が出てるぅ〜〜〜〜っ」

「鼻血だ」

「あたしをかばって、こんなことになって」

かよと老婆が駆け寄る。そのすきに、安助はひでから金をもぎとり、出ていってしまった。

脱衣所の隅っこに足を伸ばして座らされたせいは、顔を上にあげ、しばらくの間、放心していた。

男に突き飛ばされたときに、自分の腕が顔にぶつかったのか、鼻の中が切れたようだ。血を見て泡を食ったが、鼻の痛みはたいしたことはなく、壁にあたった肩の方が痛かった。

「骨、折れてない？　腕、あがる？」

かよは心配そうにいった。のっぺりとした顔だちだが、きれいな肌をしていた。

「膏薬《こうやく》を塗った方がいい。ちょっと待っててておくれ。とってくるから」

ひでは奥に走ると、すぐに戻ってきた。

「肩こりに使ってるもんだけど、痛みが和《やわ》らぐよ」

ごま油に鉛丹《えんたん》などを混ぜ合せたという膏薬を塗った薄布を、赤くなっている肩に、ひではべたっと張り付けた。

「巻きこんじまって、申し訳なかったね……えっと名前」

「せいです。中坂の一膳飯屋のとくとく亭で働いてます」

「おせいさん、ほんとに、ありがとよ。あたいがやられたら、きっと骨が折れてた。命拾いしたよ」

老婆がせいの手を握った。かよも頭を下げる。

「痛い思いをさせちまって、堪忍ね」

膏薬を張ったおかげで、痛みが和らぐ気がした。が、ひどいにおいだった。薬草のにおいで鼻が痛いほどだ。

「おばあさんが、なんでもなくてよかった。……にしても、あんまりですよ。うちの店でも、あの男、ごねていちゃもんつけていて……」

「おたくの店でも、管《くだ》を巻いているのかい？」

「ええ。湯屋を閉じるのは、あいつのせいなんですか？」

ひでとかよはうなずき、口々に話し始めた。

安助が越後湯に来るようになったのは三月前からだという。

「だるま湯さんの方が、便がいいだろうに。だるま湯さんに聞いたら、向こうではおとなしかったって。でもこっちではあの通り」

「だるま湯さんは、親父さんがにらみをきかせているから」

だるま湯の番台に座っている親父は四十手前で、迫力のある顔をしている。人間だるまといってもいいほど恰幅《かっぷく》がよく、柔《やわら》の心得もあり、ごろつきなどは軽々と投げ飛ばしてしまうとの評判だ。

「うちは女と年寄だけだからねえ。八兵衛も弥八も私をかばおうとしてあいつに投げ飛ばされ腰をやっちまった。茶汲女も怖がっていつかない。……あの人と始めた店だからとがんばってきたけど、もうなんともならない。町の人は寂しいとか困るとかいってくれるけど、おかしな客が年中わめいているような湯屋にわざわざ来るようなもんはいないよ。女客、子連れの客から減り始め、この月に入ってからはすっからかん、閑古鳥《かんこどり》が啼《な》いちまってる。……思い切るしかないんだ。今月でしまいにします。切ないけどしょうがない」

「おっかさん、泣かないで」

「悔しくてね」

ひではチーンと洟《はな》をかみ、それからふと思い出したように、せいにいった。

「今晩、だるま湯のおやっさんと会うことになっているんだよ。うちのお客さんのことをだるま湯さんに頼まなくちゃならないから。おせいさんの店で席をとってくれないかね。湯屋を終えてからだから、宵《よい》五つ（二十時）過ぎからになるんだけど、どうかね」

その時刻から会うとなると、話が終わるのは店をしまいにする五つ半（二十一時）を過ぎるかもしれない。だが、理由を聞けば岩太郎は否とはいうまい。

五

長屋に戻ると、染はすでに、巳之吉たちを教え終えて、戻ってきていた。

「ずいぶん、ごゆっくりだったね。あ、薬くさっ！」

染は大げさに鼻を押さえた。越後湯での顛末《てんまつ》を伝えると、染は心配そうな顔に変わった。

「医者に行かなくていいのかい」

「この通り、腕もあがるし」

せいを突き飛ばしたのはとくとく亭でもごねまくっている安助で、越後湯が店を閉じるのもその安助のせいだというと、染は考え込んだ。

「ひとりの男のせいで店がつぶれるなんてことがあっていいものかね」

「釜焚きのじいさんも、岡湯のじいさんもそいつから突き飛ばされたせいで、腰を痛めちまったんだって。茶汲女も、みなやめちまったんだって」

「女手で店を切り盛りするのは大変なことだよ。店を閉じるまで追い詰められたとは……気の毒だねえ。湯屋をやっていれば日銭も入ってくるし、近所の人たちが毎日やって来て、何気ない話をしていく。店をやめればそれが全部なくなってしまう。覚悟はしているだろうが、おひでさん、寂しい思いをするだろうね」

それはそのまま、染にいえることだ。ふと、店にいたころの染の姿を思い出した。

毎日きっちり髪を結い上げ、冬は洒落《しゃれ》た紬《つむぎ》、夏は麻の着物をきりっと着て、店の名が入った前掛けを締めて、店に立っていた。女中や奉公人に目配りしつつ、愛想よく客の相手をしていた。

——おかみさん、いるかね。

そういって入ってくる贔屓の客も多かった。俵屋は女将《おかみ》でもつ、といわれたほどだった。

だが、染は愚痴を口にしたりしない。店への思いは心の奥底にしまい、長屋での新しい暮らしに馴染《なじ》もうとしているように見える。

そのとき、イネの娘の梅が「先生」といって戸口から顔を覗かせた。

「これ、おっかさんがどうぞって」

梅は、つやつやとした茄子の漬物が入った小鉢を差し出した。

「あら、美味《おい》しそう。きれいに漬かっているね」

「おっかさんの漬物、うまいよ、ちょっとしょっぱいけど」

「夏はしょっぱい漬物が美味しいよね」

子どもたちも、染にすっかり懐いていた。

梅は、上がり框に腰をかけた。それから思い切ったようにいった。

「ね、先生、巳之吉って、なんであんなに字を覚えるのが遅いの？　うちの鷹次郎も覚えが遅いけど、巳之吉は年上なのに」

染は麻の座布団から立ち上がり、梅のすぐ近くに座り直した。

「走るのが速い子もいれば、遅い子もいるだろ。人はいろいろなんだよ。すぐ覚えられる子もいれば、覚えが遅い子もいるんだ。その子なりに少しずつ覚えていけばいいんだよ」

「ふうん、遅くてもいいんだ」

「お梅ちゃんは三人の中でいちばん字を知っているだろ。字もきれいだ。巳之吉がわからないときは教えておやり」

「あたいの方がひとつ年下だから、いうこと、きかないんだよ。巳之吉」

「恥ずかしがってるのかもしれないよ。男の子はかっこつけたがりでいいとこを見せたいものだから。かわいい女の子には特に」

「え、かわいい女の子って私？」

染がふふふと笑ってうなずく。

「まだ巳之吉は手習いを始めたばかりだろ。そのうち要領がわかってくるさ。お梅ちゃん、巳之吉をよろしく頼むよ。そしてこれからも稽古《けいこ》、がんばろうね」

「は〜い」

機嫌よく、梅が帰っていく。

「巳之吉は書くのが不得手《ふえて》なの？　口はあんなに達者なのに」

「一度聞こうと思ってたんだ……あの子、箸を使うのもうまくないんじゃないかい？」

染が思わぬことをいった。確かに、巳之吉は箸の持ち方がちょっとおかしい。

「もともとは左利《き》きなんじゃないかね。どうもぎこちなくてね。ま、根気よく教えればすむ話だけど」

染は実際、長屋に根をおろし始めている。最初は女将さん然として気取っていると敬遠されていたが、巳之吉の件や染が子どもたちに教えるようになって、長屋連中の見る目が変わった。

今朝は、たつと染が寛《くつろ》いだ顔で立ち話をしていた。たつが染に「おせいさんとは実の親子みたいだね」といい、「そうですかね」なんて染が首をひねって苦笑いしていた。

これにはせいの口も、ひん曲がりかけた。染はせいにとってあくまで女将さんであり、しかたなく一緒に暮らしていることに変わりはない。染が長屋に溶け込むのも、正直、良し悪しという気持ちなのだ。

六

「くさっ、おせいさん、そのにおい……」

膏薬のにおいぷんぷんで店に入ってきたせいに、かつは眉をひそめた。越後湯で安助に突き飛ばされたというと、かつは顔色を変えた。たいしたことではない

と、せいがいったのに、重たいものは持つな、いや今日は帳場でじっとしていろ
など、せいが困ってしまうほど心配してくれる。
　安助のせいで越後湯の奉公人が怪我《けが》をしたり、客が減り、湯屋をたたむことに
なったらしいというと、かつの頭から湯気《ゆげ》が噴き出した。
「とんでもない客のせいで、長年続けて来た商売をあきらめるだなんて……やり
きれない」
　宵五つ（二十時）過ぎに越後湯のひでと、だるま湯のおやじが、とくとく亭で
今後のことを話したいといっていたと伝えると、二つ返事でうなずいた。
「安助のことは他人事《ひとごと》じゃない。気のすむまで話してもらったらいい」
　夕方から、いつもの客が顔を出し始めた。
　江戸は一人暮らしの男が多い。駕籠かき、棒手ふり、お店者《たなもの》、大工、左官、鳶
など職人、中間《ちゅうげん》や小者など武家の奉公人……そうした男たちで、土間に並べら
れた縁台、小上がりもあっという間にいっぱいになった。
　豆腐の味噌田楽《でんがく》、いわしの丸干し、切り干しの煮つけ、ごぼうのきんぴら、甘
く煮たかぼちゃ、茄子の油炒《い》り、枝豆、五目豆……夜の献立《こんだて》も、一仕事終えた男
たちが食べたがる当たり前の料理ばかりだ。

すると、イネの亭主の茂吉が不機嫌な顔で入ってきた。

「酒をくれ。飯はいい」

むっつりとして、ぐいぐい酒を飲んでいる。思わずせいは声をかけた。

「どうかしたんですか」

「あのやろう、人をばかにしやがって……」

茂吉によれば——。

息子の鷹次郎が夕方、鈴虫が鳴くのを聞いたというので、いち早く秋の風情《ふぜい》を楽しもうとさっそく捕まえに出かけることになったまではよかった。

だが、日暮れに家を出るため提灯《ちょうちん》に火を入れようとしたときに、ことは起きた。

「提灯がやぶれていやがった。ふたつある提灯がどっちも」

——なんでうちにゃ、壊れた提灯しかねえんだよ。まともなやつはねえのか。

——使うに支障はないよ。

イネが即座にさらっと返した。

——みっともねえじゃねえか。これじゃ提灯お化けだ。

提灯お化けとは、一つ目の古い提灯の妖怪だ。提灯の中ほどに割れ目があり、そこから長い舌が飛び出している。

――気味悪いことといって、あんたって人は。

――こんな提灯、直すか、捨てるかしろよ。

「するとあのやろう、目を三角にしやがった」

――捨てる？　まだ使えるものを捨てる？　そんなんだから、あんたは金が貯まらないんだよ。

――壊れたものは直して、気分よく使えるようにしとけっていってるだけじゃねえか。それを……金が貯まんねえって、なんだよ。

――捨てるくらいなら、あたしが使うよ。あたしは始末な女だからね。倹約はこういうところからなんだよ。

――倹約？　どの口がそういう？　金が貯まらねえのは、おめえのやりくりが下手《へ》手《た》だからだろ。

――やりくりできるほどの金もないのに下手も上手もあるもんか。

「あいつ鼻で笑いやがった。許さねえ」

「で、鈴虫はどうしたんですか」

「知らねえよ」

イネと茂吉は普段は仲がいい。だが夫婦喧嘩はしょっちゅうだ。

そこにたつの亭主・徳一が入ってきた。こちらもぶす～っとしている。

「酒ときんぴら」

新婚でいつも夫婦でじゃれ合っている徳一が、やさぐれた顔でひとり酒を飲みに来るのもかなり珍しい。

「どうしたい、徳一」

「あ、茂吉さん」

「何かあったかい？」

「……もう女なんてわかんねえよ」

「ま、飲みねえ。おたつさんとやっちまったのかい？」

「そういうことで」

しばらくして、徳一が不機嫌なわけがわかった。

――夕飯、何が食べたい？

――なんでもいい。

すると、たつが「どうぞ」と徳一に差し出したのは……。

「何？　ジュウシマツの餌《えさ》だって？」

「はあ。そういうことなんで」

たつはジュウシマツを二羽飼っている。その餌といえば、殻《から》付きの粟《あわ》や稗《ひえ》に青菜。それを皿に盛って、ほいと徳一に手渡した。

「なんだ、こりゃ！　といったら、なんでもいいっていったじゃないって、開き直りやがって。そのうえ、なんでもいいっていわれるのがいちばんいやだって、さんざん人に毒づいて。……くそ、また腹が立ってきた」

「なんでもいいってのは、亭主の温情だよ」

「そうだそうだ」

「おたつさん、こっちが食べたいものをいったら、本当に作ってくれるのか」

「それはない。昨日だって、おいらが鯵の開きといったら、食べたきゃ、自分で干物を買ってこい。そしたら焼いてやると、こうだ。だからなんでもいいになるんだよ」

「徳一、おたつさんと一緒になってどのくらいになる？」

「来月で丸一年です。去年の今ころは、おいらの好物をせっせと作ってくれたのに。それが鳥の餌だもん」

「まだまだひどくなるぜ。なんであんな女をかわいいと思ったのか、おれはどうやっても思い出せねえ」

「おイネさんをかわいいと思ったことがあったんですか。へえ〜」

「そこで感心するな」

「茂吉さん、鳥の餌よりひどい食い物ってなんですかね」

「さぁ。なんだろうなぁ。魚の餌とか？」

そこに絵師の道之助と浪人の伊三郎が入ってきた。

「おや、おふたり、ご一緒させてもらってもいいですか」

愛想よく道之助が茂吉と徳一に声をかける。

奇《く》しくもこの夜、なんてん長屋の男たちが勢ぞろいと相成《あいな》った。

「伊三郎さんが飲みに来るとは、おめずらしい」

「いい仕事が見つからず、からっけつなところ、道之助さんがおごってくれるというので、ありがたく同道させていただいた次第で」

伊三郎は、酒は嫌いではないようだが、金回りがいまいちで、そのうえ倹約家だった。

なんでも伊三郎の家が代々仕えてきた藩が取り潰しとなり、江戸に出てきて二年。当初は仕官の口を探そうとしたのだが、今やどの藩も財政難に直面していて、新たな人材を登用する余裕などどこにもない。

背に腹は代えられず、伊三郎は用心棒、力仕事、剣術の道場の臨時師範などの仕事をとっかえひっかえ、口入屋《くちいれや》からもらってなんとか暮らしている。

「絵が売れましてね。久々に懐があったかいんですよ。春画《しゅんが》が高く売れました」

道之助がふふっと目の端で笑った。

「春画？　男と女のなにの？」

ごくりと茂吉と徳一が喉を鳴らす。

「おふたりも飲んでください。今日ばかりは私が」

茂吉と徳一は、現金に相好《そうごう》を崩した。

「それで、おふたりはどうしてとくとく亭に？」

夫婦喧嘩の顚末《てんまつ》を語りながら、茂吉と徳一は猪口《ちょこ》をどんどんあける。

「あちゃ、やっちまいましたか。かわいい女、優しい女に限って、いったん怒り出すと怖いんですよ」

道之助はあごをつるりとなでる。徳一と茂吉は顔を見合わせた。

「かわいい？　優しい？　どこの女房だ」

「おたつさんもおイネさんもかわいいじゃないですか。優しいじゃないですか」

茂吉は首をひねりながら、ぐいっと酒をあける。徳一が身を乗り出した。

「道之助さん、なんでかわいい女が怖いんですかい?」

「かわいい女、優しい女は、いったん怒り出すや、それまでかぶっていた猫を脱ぎ捨てる。そこに男は度肝を抜かれる。あっけにとられる」

「じゃ、かわいくない女、優しくない女の方がましってことかい?」

「いやいや、そっちはもともとむき出しですから。意外にもってのがないだけで、怖いのは変わりません。どうせ怖いなら、かわいくて優しい女の方がはるかにましですよ」

「女はみんなおっかないってこと?」

「まあ、いってみれば」

「口喧嘩が強いのも女だよな。おいら、おたつに、勝てる気がしねえんだ」

道之助が深々とうなずく。

「当然ですよ。女は力じゃ男にかなわない。その分、女は口が立つんです。その上、たとえ許したと口でいっても、水に流しちゃくれない。男がしたことは、十年だろうが二十年だろうが、よぉく覚えているんです」

「そうかぁ?」

「おいおい、こええな」

「確かにおイネは覚えてやがる。最初の子を産気《さんけ》づいた日がたまたま仲間の祝言《しゅうげん》の日だったんだよ」

「富士太郎が生まれたときのことか」

「うん。産婆がすぐには生まれないから祝言に顔を出してきたらといってくれたんで」

「まさか……酔っぱらって寝ちまったとか」

「よくわかってるじゃねえか、徳一。気持ちよく飲んで、酔っぱらって、寝ちまって、気が付いたのは翌日の日が高くなってから。もうとっくに富士太郎が生まれちまってた」

「あ～あ」

以来、誰かのお産が話題になるたびに、茂吉の昼帰りをイネは蒸し返す。

「たった一度のしくじりを、何十回も謝らされてるんだ。ひでぇ話よ」

茂吉はため息をついた。

「茂吉さん、残念ながら、それは違う。思い出すたびに、おイネさんは傷ついてるんですよ。百回思い出せば、百回傷つく。千回思い出せば、千回傷つく。だから、茂吉さんは百回でも千回でも謝らないとならねえ。女を相手にするとはそういうことなんです」

　道之助がいった。

　茂吉は腕を組み、うんうんとうなっている。

「難儀《なんぎ》だなぁ」

「大事なのは女を怒らせないことですよ」

　道之助がまたさらりという。

「怒らせちまったら」

「平謝りしか道はありません。口答えや言い訳は禁物です」

「どうして忘れたんだ、どうして帰ってこなかったのかって、しつこく聞いてくるのはあっちの方だけどな」

　茂吉があごをかいた。

「それを真《ま》に受けちゃあ、だめなんですよ」

　道之助はきっぱりといった。

「聞かれても？」

「女は相手を責めているだけなんですよ。どうして？　なぜ？　と質問を繰り出して、相手が答えに窮《きゅう》して、謝るのを待っているんですよ。まともに理由など滔々《とうとう》と述べたら、もう終《しま》いです」

　徳一と茂吉はため息をついた。

「相手っておいらだよな。……提灯はお前の好きなようにしろ。悪かったな。で、行くか」

「……おまえがジュウシマツの餌を出したのは、ふざけただけだったのに、まともに怒ってすまなかったなってか」

　道之助は「あ～」と首を激しく横にふった。

「そんな謝り方したら、また一から説教がはじまるのがおちですよ。女が何より聞きたいのは、自分に対するいたわりなんですから」

「いたわり？」

「大事に思っているってことじゃないっすか」

　ぽかんとしている茂吉と徳一に、伊三郎がいった。茂吉がはっと目をむく。

「伊三郎さん、あんた、ごつい顔してわかってるじゃないか」

　道之助は、その茂吉に向き直った。

「茂吉さんがおイネさんにいうのは……おいらの稼ぎが足りないために、おまえがいつも倹約しているのを知っている。それなのに、つまらぬことをいって嫌な思いをさせて、すまなかった。これです」

「稼ぎが足りないって……それはおイネのやりくりが下手だからだろう」

茂吉が悔しそうに反論する。

「あえてそういうことにして、殊勝《しゅしょう》な気持ちをおイネさんに表わすわけですよ」

「へ〜〜〜、いやだな」

「未来永劫《えいごう》、何百回も謝らされるよりはましでしょう」

「……」

「そして徳一さんは……おまえのかわいいおふざけを怒ってしまった自分が信じられない。本当に悪かった。誰より大切なおまえを悲しませてすまない。どうですか」

「かわいいおふざけか？　あれが……」

「女房がいるってのも、大変だなぁ」

伊三郎は苦笑いした。

そこに入ってきたのは、だるま湯の主・佐太郎《さたろう》だった。

「おんや、佐太郎さん。まだ湯屋をやってる時刻だろ」

「今日は、女房にまかせてきたよ」

ひとり、佐太郎は先に飲みだした。しばらくして、越後湯のひでが入ってきた。佐太郎が手をあげる。

「ここ、ここ」

「お安くないね」

ひでの後ろからかよも入ってくる。

「何をいってんだか。ちょっと商売の話があってね」

「そうだったかい。そりゃよけいなことをいっちまったね」

「おひでさん、湯屋をたたむって本当かい？」

「もうお耳に入ってましたか？」

「町の者はみんな困るだろ」

「やめたくはないんですけどね」

「おかよさんは、どうするんだ？　まだ若い。働かなきゃ、食えねえだろ」

「どこぞの女中に雇ってもらおうかと」

「湯屋をやめるのを、やめるわけにはいかねえか」

長屋の男たちが口々にいう。

「おひでさん、お聞きの通りだ。隣町の者もみな、越後湯のことを心配している。おれも、越後湯を閉じてほしくないんだよ。もうちょっとがんばってみてはどうかね」

だるま湯のおやじが身を乗り出していった。

そのとき、「ごめんなさいよ」といって、染が顔を出した。イネとたつがぞろぞろと続いた。

「亭主が喧嘩して出ていってしまったって、うちに来たから、迎えに行こうとひっぱってきたよ」

イネがせいの袖《そで》を引いたのはそのときだ。

「だるま湯のおっさんじゃない。あっちは?」

「越後湯のおひでさんとおかよさん」

「なんの話?」

「湯屋を続けないかって、だるま湯さんが越後湯さんを説得してるみたいで」

それを聞いたイネとたつはごくりと唾を飲み、興味しんしんの面持《おもも》ちで亭主たちの隣に座った。

「おせいさん、こっちにもお酒持ってきて。……いいだろ、あんた」

イネが茂吉にいった。茂吉は首をすくめてうなずく。

「ど、どうぞどうぞ。……お、おまえがいつも……け、倹約しているのに、つまらぬことをいって嫌な思いにさせて……」

茂吉は道之助から習った謝罪の言葉をいきなり口にし始めたが、イネにぴしゃりとさえぎられた。

「ちょっと静かにして。隣の話が聞こえないじゃない」

茂吉が道之助に詰め寄る。

「おい、道之助、話が違うじゃないか」

「……時と場合によりますよ。先方が聞いていないときにいったところで、話にならなら……」

「話にならないと、いいかけたな。お前がいえといったんだぞ。おい道之助」

「あんた、声がでかいってば」

イネがまた茂吉をにらんだ。亭主との仲直りより、今、町の話題をさらっている越後湯の話を聞き逃すわけにはいかないのだ。

ひでの声が響いた。

「腕に覚えがあって、釜焚き、焚きもの集めをやってくれる人がいれば、そりゃあ、なんとかやっていけるとは思うんだけどね」

「そんな都合のいい人物がいるかねぇ。いたら、おれが雇いたいところだ」

ひではゆっくり首をふった。

「いるわけないですよね」

「悔しいなぁ、あんな小物のワルひとりに」

「女二人じゃ、太刀《たち》打《う》ちできないもの。でも、恨んでやりますよ。丑《うし》の刻《こく》参りでもしようかな」

長屋の男たちは、げっとつぶやき、顔を見合わせた。

「こ、こわ」

「寒気がする」

丑の刻参りとは、深夜に、神社の御神木に憎い相手に見立てた藁《わら》人形を釘で打ちつける呪詛《じゅそ》だ。白い衣を着て、灯した蠟燭《ろうそく》を突き立てた鉄輪《かんなわ》をかぶった姿で行ない、満願の七日目に、呪う相手が死ぬといわれる。

せいははっと顔をあげた。よけいなことかもしれない。でも、ひでは、こんなに困っている。せいは思い切って、伊三郎に話しかけた。

「今、お仕事、お忙しいんですか」

「それがしですか？」

「口入屋においでになっているようですが」

「ええまあ。砂利《じゃり》とりの仕事は先日で終わり、今は職探し中でござって」

道之助が目を見開いた。

「そうだ。あんたがいるじゃないか。伊三郎さん、湯屋で釜焚きをしてやってみてはどうだ？」

「それがしが？　湯屋の釜焚きを？」

「いやか」

「糊口《ここう》をしのぐためにはなんでもやるつもりではおるが、しかし……」

伊三郎の返事も待たずに、茂吉が振り返って、ひでにいった。

「ここにいるぞ、剣術ができて、釜焚きもできそうな男が」

「何を勝手に」

伊三郎の肩を茂吉はぱしっとはたいた。

「いいじゃねえか。人助けしよ」

「うちの人のいう通り、伊三郎さん、一肌脱いでおやりよ」

イネにうちの亭主と言われて、ほっと茂吉の表情が和らぐ。

「伊三郎さん以外、そんな仕事をできる人がこの中にはいねえな」

徳一がそういえば、たつがあとを引き取る。

「見て見ぬふり、できないよね。伊三郎さんはいい人だもん。ね、あんた」

「おたつのいう通りだ」

「ほんとに、うちに来てくれるんですか。お侍さんが？　給金、安いのに」

ひでが伊三郎に向きなおった。

「それでいかほど……」

ひでが伊三郎にこそこそと耳打ちする。伊三郎の眉間に縦皺《たてじわ》がよった。

「ほ〜〜、安い。それでは、暮らしていくのはとても」

ダメか。せいは固唾《かたず》をのんだ。かよが上目遣いに伊三郎を見た。

「食事をつけますよ。朝昼晩。飯はお代わり自由。客が戻れば、もう一度給金の話もさせてもらいます。それでどうですか。お願いします。この通り」

ひでとかよは額を床にすりつけんばかりに頭を下げた。伊三郎は腕を組み、ふうむとうなずく。

「三度の飯は食べ放題。……わかりました。義を見て為《せ》ざるは勇無きなりと申しますからな。湯屋の経営が安定したら、給金の増額をお願いするということで」

侍とはいえ、伊三郎は給金の折衝《せっしょう》まで身につけていた。これが江戸の水で洗われるということであろう。

こうしてあれよあれよというちに話がまとまり、明日から伊三郎が越後湯に働きに行くことが決まり、せいは胸をなでおろした。

「しばらくの間は、越後湯に通うか」

「仲間にもそういっておくよ」

茂吉と徳一がうなずきあう。

「おいおい、それじゃ、うちの湯屋はあがったりだ」

あごをこすった佐太郎の膝を、茂吉が打つ。

「羽書を買っているんだ。だるま湯は痛くもかゆくもねえだろうが」

「冗談だよ。越後湯がなくなったら、うちは芋の子を洗うようなありさまになっちまう。何より、湯屋仲間がなくなったら寂しいじゃねえか」

道之助がふと顔をあげ、たつを見た。

「おたつさん、茶汲女はできないかい?」

「え、あたし?」

道之助がたつにうなずく。

「人の女房だが、かわいらしさと色っぽさは、娘っ子に負けないし、おたつさんみたいな人がお茶を運んできてくれたら、喜んで越後湯に通う男たちが増えるだろうなぁと思ってさ」

たつの頬が赤くなる。こうやってさらさらと歯が浮くような言葉を繰り出して、道之助は女をちょいちょいとひっかけているのだろう。

「道之助さんったら。あたいのこと、かわいらしくて色っぽいだって。わかる人にはわかるのね」

「だめだめだ。他の男がおたつを見ていると思ったら、おいら、仕事に手が付かねえ。絶対、だめ！」

「あんたったら」

ふたりのいちゃいちゃぶりが、この途端、復活した。

「茶店《ちゃみせ》の女に声をかけてみるか」

手を握り合ってうっとりと見つめ合うたつと徳一を見ながら、道之助はつぶやいた。

七

翌朝、伊三郎は長屋の者たちに見送られて、越後湯に向かった。

「侍の伊三郎さんが控えていったら、安助もおとなしくなるんじゃない？」

「今どき、浪人相手だからって、へへ〜って恐れ入る人なんかいる？」

「伊三郎さん、人のよさそうな顔してるけど、腕っぷしは強いって」

「そんなもの使わずにすむのがいちばんなんだけど」

たつとイネも、本日は越後湯を覗いてみるといった。

伊三郎は堅物で融通《ゆうずう》が利《き》くようには見えないが、昨日のひでとのやりとりを見る限り、人がいいだけのぼんやりした侍というわけでもなさそうだった。

だが安助は、老婆をも思い切り突き飛ばそうとするような男だ。せいの肩にはいまだに軽い痛みがあり、青とも緑ともつかぬ妙な色になっている。油断は禁物だった。

昼の仕事が終わり、越後湯に行こうとしたせいに、染が声をかけた。

「今日は暑いし、汗びっしょり。勉強は後にして、あの子たちも越後湯に連れて行こうかね。伊三郎さんの働きぶりも見てみたいし」

イネにもすでに断りを入れたという。染のやることに、ぬかりはない。子どもたちはいつもとは違う湯屋に行けると大喜びだった。

越後湯に着くと、まずは湯屋の脇を通り、奥の釜場《かまば》に向かった。

伊三郎はふいごを持ち、のっそりとした熊のように、釜場の古びた床几《しょうぎ》に座っていた。頭と首に手拭いを巻いた姿は、とても侍には見えない。

「これまで様々な仕事をしましたが、これはなかなかきつい。朝はお天道様に焼かれながら大八車《だいはちぐるま》をひいて、普請場をまわり、木っ端《こっぱ》など燃やすものを集めてまわり、そのあとは火の前であぶられっぱなしで」

伊三郎の着物の背に汗染みが丸くなっている。傍《かたわ》らに使い込んだ大八車が止めてあった。

「燃やすものを集めてくるのも、釜場の仕事なの？」

「らしいですな。大八車をひいただるま湯の釜場のじいさんと途中でばったり会って、どこぞの普請場の大工が気前がいいだの、なんだの、教えてもらって助かりました」

「蛇の道は蛇ってことですね」

「ここの湯屋がなくなったら、だるま湯の釜場がよけいに忙しくなるので、がんばってくれと励まされましてね」

そういって、伊三郎は額の汗を手拭いでごしごしとふいた。

「ああ、いい湯だったといって、帰ってくれるお客の声が聞こえると、むくわれる気がしますが、いかんせん、客はほとんど来なくて……」

釜の中に板切れを入れながら、伊三郎は言葉を濁した。

「では、お風呂をいただきましょうか」

染が子どもたちにいった。

「あ、そうそう。二階には、道之助がおりますよ。きれいどころの娘を三人連れてきましてね」

「昨日の今日で？」

「今朝方、散歩がてら浅草の茶店を一巡して、声をかけてきたとか。さすがでござる」

「道之助さんのお得意、後家だけじゃないんだ」

せいの目が丸くなる。道之助は後家殺しという異名を持っていた。

「道之助さん、娘たちにしばらくの間、一緒に二階にいるって約束したそうで」

「たいしたもんだね。いったい、大勢の女をどうやってさばいているんだか」

染は感心したような、あきれたような声でいった。

八

何事もない日が二日ばかり続いた三日目。その日もせいと染は、巳之吉や梅、鷹次郎を引き連れ、越後湯へ向かった。この日は、岩太郎も一緒だった。

「たまには父ちゃんの背中を流してもらおうか」

岩太郎は巳之吉の手を握っていった。

岩太郎はしきりに巳之吉に話しかけるのに、依然として巳之吉は借りてきた猫のようにおとなしい。岩太郎とかつが、自分たちのことを「父ちゃん、かあちゃん」と呼ぶようにいっているのに、巳之吉が自分から口にすることはない。甘え下手のせいでさえ、もどかしくなるほどだった。

あの声が聞こえたのは、せいが脱衣所で着物の帯を締め直したときだった。

「熱い、熱いっていってんだろ。おめえ、おれをやけどさせる気か」

「熱過ぎやしねえよ。ちょうどいい湯加減……」

老人の声は途中で途切れ、がしゃっという音とぎゃっという悲鳴に変わった。

「何しやがる。乱暴はやめてくんな」

染とせいは顔を見合わせた。

「伊三郎さんを呼んできます」

せいは暖簾をはねあげ、前に飛び出した。

だが、すでにかよが釜場に走っていくところだった。

道之助がばたばたっと足音を立てて、二階から降りてきた。

「おせいさんたちは後ろに引っ込んでろ」

せいたちをかばうように、道之助は手を広げた。

「なんだい、ぞろぞろ出てきやがって。釜場に新しい男が入ったそうだがな、怪我したくなかったら、すっこんでろ」

安助がすごんでいる。それからねっとりとした声でひでにいった。

「おかみ、あいかわらず、熱い湯を出すとはこりねえ湯屋だぜ。さ、見舞金を出してもらおうか」

「やけどするような湯を出したりしておりません。そちらさまに見舞金を出す道理がありませんよ。いいがかりはよしてください」

そのとき、徳一の声がした。

「大声を出して騒ぐのは、やめろよ。ここの岡湯はちょうどいい湯加減だ。それに文句をつけるのはお門違いだよ」

せいと染は顔を見合わせた。そういえば、たつが、徳一が市場の早出の男たちを連れて、このところ越後湯に通っているといっていたことを思い出した。

徳一のこの男っぷりをたつに報告しなければとせいが思った瞬間、その余裕は吹っ飛んだ。

「わけえの、黙ってろ。おめえは中坂の長屋の男だな。長屋の子どもに何かあったら困るだろ。安心して町中で遊ばせたいだろ。差し出口のせいで子どもが怪我をすることになるかもしれねえぜ」

安助が抑揚のない声でいった。

「子どもたちに手を出すって脅してんのか」

「さあな。……おかみ、茶汲女もおいたそうだな。儲かっているんじゃねえのか。二分で手を打つぜ。この湯屋のせいでお客の子どもに、何かあったら寝覚めが悪いだろ」

そういうなり、安助は呆然《ぼうぜん》と見ていた巳之吉の腕を乱暴につかんだ。

「おまえは中坂のとくとく亭の息子だな。見覚えがあるぜ。このことをよっく見て、おとっつぁんとおっかさんに、言っておけ。おれは、目をつけた店は絶対に手放さないんだ」

「放せ！ ごろつき！」

巳之吉はけなげに言い返した。安助は黙れと言って、巳之吉の顔をはたいた。

ぱーんと音がした。

そのときだった。

「息子から手を放しやがれ」

岩太郎は、安助にがむしゃらにむしゃぶりついた。ひょろひょろにやせている岩太郎は、あっけなく安助に吹っ飛ばされ、床に転がった。だが、すぐに立ち上がる。蹴られても叩かれてもまた、岩太郎は安助に向かっていく。

その姿をびっくりして見つめていた巳之吉の目に涙が浮かんだ。はっと顔をあげ、巳之吉は思い切り安助の腕に噛みついた。

「い、なにしやがる！」

安助の手が緩んだすきに逃れた巳之吉は、床に倒れている岩太郎のもとに駆け寄った。

「父ちゃん、大丈夫か」

「巳之吉。おまえこそ」

巳之吉が岩太郎の首に両手をまわし、しがみつく。岩太郎は巳之吉をひしっと抱きしめた。

と同時に伊三郎の声が響いた。

「お客さん、ゆすりたかりはもうよしてもらいましょうか」

「ゆすりたかり？　見舞金をもらってやろうといってるだけじゃねえか」

「やってることは強盗と一緒でござる」

「おめえ、二本差しか」

「強盗に渡す金はござらん。さっさとここから出て行ってくだされ」

「おれをなめるんじゃねえ」

つっかかってきた安助の腕を伊三郎はぐいっとつかみ、手前にひいたと思うや、安助の体があっさり、どてっと投げ出された。

御用聞きの銀次《ぎんじ》が顔を出したのはそのときだ。

「茂吉さんに頼まれて、見まわりに来たんだが……安助じゃねえか。おめえ、ここでも悪さしているのか？」

茂吉が銀次にこの時刻あたりに、越後湯を見まわってくれと頼んでいたという。

安助を捕まえるのは二度目だと、銀次はぼやいた。

「あれほど、まじめに働けといったのに」

安助は銀次にひきたてられていった。


その晩、道之助、伊三郎、徳一、茂吉がとくとく亭に勢ぞろいした。

岩太郎はあちこちに打ち身をこしらえたものの、上機嫌だった。

はじめて、巳之吉が岩太郎を父ちゃんと呼んでくれたのだ。

「どこも痛くも何ともない」

とやせ我慢をいったものの、ときおり、あいたたとつぶやきながら、包丁を握っている。

「あ〜、おれもその場に居合わせたかったなあ」

茂吉に、徳一が酌《しゃく》をする。

「茂吉さんもいたようなもんさ。銀次さんを茂吉さんが寄こしてくれたから、すべてうまくいったんだよ」

「あいつとおれは、子どもんときからのだちなんだ。おいらと同じなんてん長屋に住んでいるといえば、たいていのことは聞いてくれるぜ」

「ひっくられた安助、あちこちで強請《ゆすり》をやっていたってな」

「仕事もせず、そんなもんで食ってたんだよ。所払いは免れねえだろ」

「道之助さんが連れて来た女、いい女ばっかりだったなぁ」

「色っぽくて、肌がつるつる。羽二重餅《はぶたえもち》みてえで」

「そうなのか？」

「あんなんに優しくされたらとろけるぜ」

「おたつさんに聞かれたら大事《おおごと》でござるよ」

伊三郎がぽつりといった途端、徳一のにやけた顔が凍りついた。

「伊三郎さんは越後湯の釜焚き、やめるのかい？」

「代わりが見つからないというので、もう少し続けるつもりでござる」

「二本差しが朝から大八車をひいて、普請場の大工に頭を下げて木っ端をわけてもらって、あとは釜場か。国の親が見たら泣くな」

「生きるためにはつべこべいってる余裕はござらぬ」

「よくいった、えらいぞ、伊三郎さん！」

いい気分で盃を重ねている男たちを、せいは胸をなでおろしながら見ていた。たまたま同じ長屋に住んだという縁に過ぎないのに、歳も職も境遇も違う男たちが仲良く飲み酌《く》み交わしている。胸がほっこりするような光景だった。

九

翌日、越後湯に行くと、張り紙がしてあった。見事な達筆である。

『いつもご贔屓《ひいき》にあずかりありがとうございます。

湯を閉じるとお知らせしましたが、みなさまのお力添えにより、もう一度がんばってみることに決めました。行き届かないところもあるかと思いますが、どうぞよろしくお願いいたします。

つきましては今後、怒鳴り声、無理なお求めはご遠慮願います。店主』

「これ。どうしたんです？」

番台に座っているひでに尋ねると、ひでは胸に手をおいていった。

「お染さんにいわれたんですよ。一枚、張り紙をしておけば、いいって。文面も一緒に考えてくれて。字が下手な私にかわって、書いてくれて」

　安助を撃退できたからといって、これから安心できるというわけではないと染はいったという。

　――店は人と人とが出会い、行き過ぎる場所。もめごとは残念ながらつきものだ。ことが起きないように気を付け、起きてしまったときには丁寧に毅然と対応していくしかない。そのときのためにも一筆書いておくのが得策ですよ。

「大きな菓子屋のおかみさんだったんだってね。さすがだよ」

　そのとき、湯桶を持った女客が入ってきた。

「おかみさん、やめるのを思いとどまってくれて、よかったよ」

「これからもよろしくお願いします」

「町の湯屋はここだけだもの。実は今、だるま湯に行ったら、できれば越後湯に行ってやってくれって旦那にいわれてさ。引き返してきたの」

「だるま湯さんがまあ、そんなことを?」

「越後湯にも繁盛してもらわなきゃ困るってさ。越後湯には今、用心棒もいるからもう何も起こらないって。用心棒って誰?　どこにいるの?」

「釜場に」

「へえ、なら安心だね」

また客が入ってくる。今度は男客だ。

「二階、やってるかい？」

「ええ。今日はおかよだけですけど」

道之助が来なくなって、茶店の娘たちは引きあげていった。

「おかよちゃんかい。ま、いいか。少しゆっくりさせてもらうよ」

「どうぞごゆっくり」

ひでの声が弾んでいた。

湯屋から帰ると染がイネの長屋から出てきたところだった、染は安助がつかまって以来、昼の越後湯通いをやめ、以前のように巳之吉たちの補習にあてている。

「今日はだるま湯かい？」

「越後湯に行ってきました。おかみさんの張り紙、いい考えですね。さすがだって、おひでさん、喜んでいらっしゃいましたよ」

ふっと染が笑う。

「店をやってればいろいろあって当たり前だから」

「もしかして俵屋にも、安助さんみたいなお客もいたんですか」

「……いないわけじゃなかったよ。あそこまで悪どくはなかったけど。最中《もなか》の皮が割れてたとか、数が合わなかったとか。文句をつけにきた客もいてね。うちじゃ、割れた最中など決して売らないのに」

世をすねたあげく、やけくそになり、誰彼に文句をつけずにはいられない安助のような者もいるが、ごく普通に暮らしている人がうっ憤《ぷん》をぶつけてくることもあると染はいった。

「自分の思惑と違う場面に遭遇すると、ためこんでいた不満やいらいらを爆発させちまう人がいるんだよ。偉そうにふるまうことでしか、自分を慰められない人もいるし」

相手をやりこめ、味をしめた者はまた同じことを繰り返すとも染はいった。

「本気で脅されるのは、本当に恐ろしい。あれはやられてみないとわからない。早くこの場から逃れたい、これを終わらせたいという一心で、向こうの言い分を聞いてしまいたくなっちまう。でも、一度でも言いなりになれば、向こうは何度でもやって来るんだ」

出来立ての最中を客の目の前で確認しながら包んで渡したにもかかわらず、割れた最中をお使い物にしたせいで、商談が壊れたので弁償しろとすごまれたこともあるという。

「うちではそんな最中はお売りしておりませんので、ご勘弁願いますと断ったさ。たいがいの人はそれで引き下がってくれたけど、しつこく文句をいって、安助のように、金をむしりとろうとした人もいたね」

「どうしたんですか。用心棒ですか」

「丁重に、お断りし続けたよ。ただそうした客の相手を店の若いものにさせることはできない。だから、必ず私か番頭が応対した。奉公人の手に余るときになんとかするのが女将の役目だから。……気付かなかったかい、帳場のところに、何枚か人相書きと名前が張ってあったんだけど」

「あ〜。ありました。あれ、なんだろうと思ってたんですよ」

人相書きは、五、六枚はあったのではなかろうか。その客が来たら染か番頭を呼ぶことになっていたという。

番頭は五十がらみの実直な男だった。店が人手に渡ることになってからも、店をたたむために尽力していた。

「番頭さんは、娘さんのところにいらしたんですよね」

「多少、まとまったものを用意したが、番頭さんには申し訳ないことをした。今はいくつかの長屋の差配人をしている。隠居には早いよ」

染も同様ではないか。

「さて私も越後湯に行ってこようかね」

染はさらりといって、腰をあげた。

第三章　酸《す》いも辛《から》いも

一

その昼も、とくとく亭は目がまわるほどの忙しさだった。職人五人連れがいっせいに注文し、板場からは「丼ふたつ、あがったよ」という岩太郎の声が聞こえる。

「いわしの梅煮三つに、漬け丼二つ、飯は五つとも大盛りで」

出来上がったどんぶりを盆をのせながら、せいは奥に向かって叫ぶ。とくとく亭の昼はさながら戦場である。

「おせいさん、いますか？」

帳場の方で声がして振り向くと、姿のいい若い女が立っていた。

「お初様」

染と似た面長《おもなが》の若い女だ。本所の大きな八百屋に嫁いだ染の長女・初だった。

「お久しぶり。母がお世話になっております。もっと早くにご挨拶《あいさつ》に伺わなければと思っていたのに、遅くなってしまって。お仕事中、申し訳ありませんが、ちょっとお話しできますか」

「今はご覧の通り、忙しくて手が離せなくて」

「困ってるんですよ」

初はせいをうらめしそうに上目遣いで見つめた。

「困ってるって？ 何を」

「女中の長屋でおっかさんが暮らしているなんてことが他に知れたら、外聞《がいぶん》が悪くて」

せいの頬《ほお》が赤く染まった。まるでせいが、染をひっぱりこんだみたいな言い草ではないか。

「……今、店のかき入れ時で……。おかみさんなら、今、長屋にいらっしゃいますよ。まずは、おかみさんと話して……」

「おっかさんと話す前に、おせいと話したいんです。おっかさんは私のいうことを素直に聞くような人じゃありませんから。……わざわざ遠くから来たのに。仕方ないわね。わかりました。では半刻後にまたまいります」

初はせいの言葉をさえぎり、いらいらした口調でいうと、くるりと踵《きびす》を返し、店を出て行った。

初の後ろ姿を見つめながら、せいはため息が出そうになった。

何の前触れもなく、突然、染はなんてん長屋に現れたのだ。熊吉爺《じい》さんが引いてきた大八車《だいはちぐるま》に布団《ふとん》やら小箪笥《こだんす》やら自分の荷物を積んで。

ことの成り行きがわからず、せいがぼーっとしているうちに、染はどかどかと荷物を長屋に運び込み、青畳一畳まで熊吉爺さんに買いにやらせ、勝手に住みはじめたのだ。

初はそれをわかっていないのだろうか。

――女のひとり暮らしでも、知った土地なら大丈夫だね。

染は俵屋を後にするとき、せいにそういった。

――おかみさんも、どうぞお元気で。

――おせいもね。

染は初に伴《とも な》われ、俵屋を出ていき、それでしまいになるはずだった。

せいは一度だって、染に一緒に住んでくれなんて頼んでいない。初ににらみつけられ、こっちが悪者扱いされるのはどう考えても、理不尽だった。

頭に血が上ったからか、その日は注文を間違えたり、人の足につまずいたり、お運びはさんざんだった。

せいと初は同い年である。初は三人きょうだいの長女で、その下が長男の松太郎。五歳年下の妹・里が末っ子だ。

せいが十五歳で俵屋に奉公したのは、ちょうど松太郎が菓子屋に修業に出たころで、初はお茶やお花、舞踊の稽古《けいこ》に飛びまわっていた。

流行《はや》りの着物を着てお供を連れて出かけていく初を、せいは毎日、井戸端で洗濯しながら見送った。いつだって白い手をして、きれいに髪を結い、朱色の鹿の子の手絡《てがら》をかわいらしく合わせていた。

こんな暮らしをする娘もいるんだなぁと思ったが、自分とは違い過ぎて、せいはうらやましくもなんともなかった。奉公人とお嬢さん、身分違いとは、こういうことだからだ。

初は、思い込んだら自説を曲げない頑固者でもあった。年頃になるにつれ、初は両親とぶつかることも多くなった。

年上のいうことには黙って従えと厳しく育てられたせいにとって、初が親に堂々と言い返すのは衝撃でもあった。

――おっかさんはそういうけれど、こんな古臭い着物、私は着たくないの。

――こんなかんざし、挿《さ》している人なんて誰もいない。今はびらびらかんざしが流行ってるんだから。

――派手に見えると見合いに差し支える？　おっかさんは、いつもすぐにそういうんだから。

初と染を見ると、親子だから気が合うというものでもないとも思わされた。

一方で初は稽古事も一生懸命で、なんでも一番を目指す。外ではよくできたお嬢さんで通っていた。

せいと初が父親を失ったのも同じ年だった。五年前のことだ。

せいの父・良平《りょうへい》が死んだのは正月が明けてまもなくのことだった。

初の父で、俵屋の主《あるじ》だった喜三郎《きさぶろう》が血を吐いて倒れたのは、つつじの花が咲くころだった。染が必死に看病したにもかかわらず、喜三郎は床《とこ》から出ることなく、お盆前に息を引き取った。

喜三郎が亡くなって、しばらく寝込んでしまった染に代わり、初は奥を仕切ろうとした。だが、それはうまくいったとはいえない。

だいたい、初はそれまで奥で日々どんなことが行なわれているかさえ知らなかったのだ。

——いてもいなくても同じなんだから、台所に顔を見せなきゃいいのに。

——今まで何もしてなかったくせに、急に口を出して。かえって迷惑だよ。

的外《まとはず》れな指示を出されることが重なり、女中たちに不満がたまっていった。

そんなある日、初は井戸端にいたせいにつっかかってきた。

——おせいはいいわね。人からいわれたことだけやっていればいいんだから。

女中は基本、指示されたことや決まったことをやるのが仕事なのだ。こんなことを、初がせいにいうのは、八つ当たりだった。

女中は何をいわれても我慢しなければならないのに、せいはそのとき、初の視線を拒むように目をそらし、くるりと踵を返した。あ然としている初を残し、黙ってその場を去った。

なんであんなことをしたのだろうと、それからしばらくの間、せいはじくじく思っていた。

初とはそれからまともに口をきいたことはなかった。

松太郎が戻ってくると、にわかに初の縁談が決まり、初は嫁いでいった。

俵屋から出る染を初が迎えに来たときも挨拶を交わしただけで、せいと初がまともに顔を合わせたのは、後にも先にもあのとき一度きりだった。染が初のところで過ごしたのはわずか十日ばかりである。その間に、初と染に何があったのだろう。

初には小さな子どもが二人いる。店を失っても、染はかわいい孫に囲まれて、それなりに幸せに暮らしていくのだろうと、せいは思っていた。

初はとくとく亭の前においてある長床几《ながしょうぎ》に座って、せいの仕事が終わるのを待っていた。客が引け、暖簾《のれん》をおろすと、せいは外に出た。まかないの昼餉《ひるげ》はいらないといったせいに、かつはおむすびを持たせてくれた。

「お待たせしてすみませんでした」

せいは初に一方的に言い負かされてしまいそうで気が重かった。

初になにを話せばいいのだろう。

「狭いところですけど、長屋にいらっしゃいませんか。お待たせしてなんですけど、私と話すより、やっぱりおかみさんとお初さんで話していただく方がいいと思うんです。おかみさんがご本人なんですから」

「おっかさまと話す前に、そちらの気持ちを聞きたいんですよ。そういったでしょう。おせい、おっかさまに長屋に来てもいいっていったの？」

「まさか。そんなこと、私いってませんよ。九尺長屋ですよ。四畳半しかないんです。おかみさんがお住まいになるようなところではないんです」

「おっかさまが、自分からあんな、古ぼけた長屋に住んでるっていうの？　信じられない」

「古ぼけたって……人の長屋を」

「おせいにはわからないだろうけど、おっかさまに仕舞屋《しもたや》を用意するの、ほんとに大変だったんだから」

初が染に、仕舞屋を用意していたというのは初耳だった。仕舞屋は独立した一軒家である。

「うちは、料理屋にも卸《おろ》している八百屋ですけどね、お姑《しゅうとめ》さんは財布のひもが固くて一文だって無駄にするのを嫌う人なんです。そんな姑に、実家の店と屋敷が借金のかたにとられ、おっかさまの住むところがなくなってしまったと打ち明けるのは、どれだけつらかったか」

それなのに染は熊吉を呼び寄せ、ある朝、越していったのだという。落ち着いたら、住まいを知らせると言い残して。

「もう勝手なことを……」

初の事情はわかったが、せいが同情できるものではなかった。

まさかこの年で店から放り出されるとはせいも思わなかった。けれど事情が事情で、しかたがないと、あきらめたのだ。

渋る初をなんとか長屋にひっぱっていくと、染はすでにイネの長屋で子どもたちを教えているところだった。

「お初、どうしたの？」

外に出てきた染は驚いた様子もなくいった。

「おっかさんと話をしなければと思ってやって来たんですよ」

「少し待ってもらえるかね」

「おっかさま、子ども相手に何を」

「あと半刻もすれば終わるから」

染はそういうと、また子どもたちのもとに戻ろうとした。初は染の袖《そで》をつかんだ。

「私、おせいさんを半刻も待っていたんですよ」

「私も、この時刻、子どもたちを教える約束をしているんだよ。突然来て、今すぐに話をしたいといわれても、こっちにも都合があって……」

「私だって暇じゃないんです。子どもたちの世話を頼んできたし、そろそろ帰って、台所に立たないと……」

「とにかく。今はちょっと」

初は唇を嚙み、染をにらんだ。

「私を待たせるのは平気なんだ」

「せっかく来てもらったのに悪かったね。明日の都合はどうだい？　私がそっちに行くよ」

初は首を横にふった。

「うちじゃ、話なんてできないわ」

「茶店《ちゃみせ》でも何でもいいじゃないか」

「近所の人の耳があるところでできる話じゃないじゃない」

染が鼻白《はなじろ》む。

「また来ます」

「すまなかったね」

初は厳しい表情で踵を返した。

「おせい、迷惑をかけたね」

染はせいに礼をいうと、巳之吉たちのところに戻っていった。

二

湯屋に行く時刻が遅くなったせいで、長屋に戻ったのは、とくとく亭が開く少し前だった。初についていて染と話す時間もなかった。

初とのやりとりで、げっそりした顔をしていたからか、客がせいにいった。

「おせいちゃん、ちょっとやせたんじゃないかい?」

「目方《めかた》は変わっていないと思うけど」

「頬がこけたような」

「目が引っ込んでるような。ちゃんと食べてるかい?」

「食べてますよ。ここのまかない、美味しいんですから」

「まかない、うまそうだな」

「美味しいですよ。はい、お酒のお代わり」

すると、客のひとりがこんな話をしはじめた。

「そういえば、庄助《しょうすけ》長屋の彦助《ひこすけ》さん、久しぶりに会ったら、ずいぶんげそっとしていたな」

「彦助さんかい。この一年でずいぶんやせたよな。新婚だからなぁ」

常連客は思わせぶりに目配せをしている。

庄助長屋は、中坂を下ったところにある。彦助は、魚市場で働いていて、昨年、祝言《しゅうげん》をあげたばかりだという。

「女房のおくみさんは、小料理屋『宮本《みやもと》』の娘だろ。器量よしだよな」

「なんでも、降《ふ》るように、いい縁談があったそうだぜ。それをおくみさんは惜しげもなく断って、魚市場で働く彦助と一緒になっちまった」

「おくみさんの親はずいぶん反対したらしいが。家を飛び出すようにして、所帯を持ったんだ」

「彦助の家は何やってんの？」

「親はいなくて、天涯孤独だって聞いたぜ」

「まあ、彦助は目鼻立ちのぱりっとした男だからな」

「それが今では、頬はこけ、げっそり」

そのとき、茂吉と徳一がひどくやつれた様子の若い男を連れて入ってきた。

「噂《うわさ》をすればなんとやら」

男たちが顔を見合わせた。

「おせいさん、こいつになにか食わしてやってくれ」

茂吉たちは、男たちの隣に座った。男のひとりが声をかける。

「珍しいな、彦助。いいのか、一膳飯屋なんかに来て。家で恋女房が待ってるんじゃねえのか」

「おくみは、遠くの親戚の法事に出かけたもんで」

噂の主、庄助長屋の彦助だった。

確かに目鼻立ちは整っている。眉《まゆ》はきりりとして、切れ長の目に高い鼻。絵師の道之助と並んでもひけをとらない、いい男である。けれどこけた頬には縦皺《たてじわ》が刻まれ、目の周りには青くくまが浮いている。

「魚がいいか？　豆腐も食べたいだろ」

茂吉と徳一があれこれ世話をやいていた。徳一と彦助は、同じ魚市場で働いている同僚であり、棒手ふりの茂吉は、魚の仕入れで彦助と懇意《こんい》らしかった。

「それじゃ、魚の塩焼きを」

「今日の魚は鰯《いわし》ですよ」

彦助はせいにうなずいた。

「鰯、いいですね。それから、冷ややっこ」

「生姜《しょうが》をのせますか」

「お願いします。それに納豆、白飯、きゅうりの漬物で」

客たちが顔を見合わせた。

「そんな当たり前のものばかり頼んで。独り者の昼餉《ひるげ》みてえじゃねえか。女房持ちがわざわざ外の店で食べるもんじゃねえだろ。もしかして、女房の手の込んだお菜に飽きたってか」

「女房は料理屋の娘だからなぁ。さぞかしうまいものばかり食ってやがるんだろうなあ」

「……当たり前のものがいちばん、うまいんですよ」

彦助がぽつりといった。

「それにしてもずいぶんやせたねぇ。女房が放っとかないんだろ。夜、眠る間がないんじゃないか？　うらやましいったら、ありゃしねえ」

「……そんなんじゃねえですよ」

彦助は小さくつぶやく。

「酒、飲まねえのか」

「外で飲むのはまた格別だろ」

「そっちは人心地《ひとごこち》ついてからで、まず飯を食いたいんでさ」

「おまたせしました」

せいが注文されたものを前におくと、彦助は目を輝かせ、もりもりとご飯をほおばった。飲むように、ご飯をかきこみ、鰯を頭からかじり、冷ややっこに食らいつく。

「いい食いっぷりだねぇ」

そういわれるのもむべなるかなの、旺盛《おうせい》な食欲だった。彦助は息もつかず、次々に平らげていく。

「うまい、うまい……」

「おい、彦助、なにも涙ぐむこたぁないだろう」

涙を浮かべながら食べる彦助の姿が、どこか凄絶《せいぜつ》で、一同、水を打ったように静かになってしまった。

茂吉と徳一がたまりかねたように、ぐすっと洟《はな》をすすりあげる。

「かわいそうになぁ。こんななんでもない料理を食って、涙を流すなんてよ」

「まったくだ。ただ焼いただけ、醤油をかけただけなのに」

「なんでもない料理とは何だい。うちの亭主の料理にケチをつける気かい？」

聞き捨てならぬとばかり、かつが大きな体をゆらして、近くの腰掛に座った。

「いやいや、とくとく亭のものは何でも、とびきりうまい。けど、いってみれば塩焼きは塩焼きだ。冷ややっこも切った豆腐だ。それをこれほどありがたがって食べている彦助が不憫《ふびん》でよぉ」

茂吉がため息をつく。この間も、彦助は箸を止めない。飯を夢中になってかきこんでいる。

男たちはそんな彦助を横目にくだらない話を続ける。

「恋女房をもらって不憫もくそもないだろ」

「それをいうなら、おめえは底なしの不憫だよな」

「なんでおれが底なしなんだよ」

「おめえの女房のご面相といったら」

「それをおめえがおれにいう？　そっくり、その言葉をお返しするぜ」

「確かにな、うちも人のこたぁいえねえや。まあ、一緒になって五年もたってりゃ、不憫もくそもねえや。うちのやつが炊く飯と、漬物は天下一品。それで帳消

「おめえんちの漬物うまいもんな。この間、昼飯でわけてくれた茄子《なす》ときゅうりの浅漬け。塩梅《あんばい》が格別だったよ」

「うまかっただろ」

「ああ。唐辛子がピリッときいてて、きゅうりの歯ごたえはぱりぱり」

「昆布の細切りが味の決め手だってさ」

「顔はまずくても、料理がうまけりゃ、女房は御の字だよ」

「おまえはほんとに口の減らないやつだな」

「うちも顔はあれだが、味噌汁はうめえ。贅沢《ぜいたく》はいえねえや」

顔を見合わせて男たちは笑った。ゆでたての枝豆と、揚げ豆腐を焼いたものが酒の肴《さかな》だ。

「で、なんで彦助が不憫なんだ？」

「おくみさんの……料理が残念過ぎるんでさ」

徳一がぼそっといった。

「残念って、まさか、まずいってこと？」

彦助がようやく箸をおいてうなずいた。丼はご飯一粒残さず、なめたようにきしだ」

れいになっている。即座に彦助は「おかわりお願いします」とせいにいった。

それから幾分人心地ついた表情で、彦助は顔をあげた。

「一緒になって一年にならないのに、二貫目（七・五キロ）ほど、目方が減っちまいました」

「二貫目？　そんなに？」

「病《やまい》じゃないよな」

「病だってそんなにやせるかい？」

「まさか食わしてもらってねえのかい？」

ふうっと彦助はため息をついた。

「料理は作ってくれるんです」

「だったらなんで」

「食いたいんですよ、おいらも。おくみが作ったものを食いたいし、食おうとするんだけど、三口目からは喉《のど》を通らねえ……」

客たちは頭をひねった。

「なんで？」

おかわりのどんぶりをせいから受け取り、彦助は再び、ぱくぱくと、飯を口に運びながら続ける。

昨日の夕飯は、昆布と茄子とこんにゃくの炊き込みご飯だったという。

「昆布はとけてべちゃべちゃ。茄子も形がなくなってぐたぐた、こんにゃくだけぷりぷり。せめて醤油《しょうゆ》かなにかで味付けをしてあれば、目をつぶって呑み込むこともできたかもしれねえのに、昆布のだしが出てるから上方風にって、塩をぱらぱらふって、しまい。口の中でべたべたするだけで何を食ってるかわからねえ」

「なんでその取り合わせなんだ？」

「茄子は味噌汁にしてよし、焼いてもよし、油炒《い》りにすればなおよしだ」

「おいらは油炒りにした茄子を甘じょっぱく味付けて、白ごまをパラパラっとかけたのが好物だ」

んぐぐと、彦助は洟をすすりあげた。

「そんなもん、いつ食べたか思い出せねえ。けど、おくみは自信たっぷりなんでさ。昆布からは最高のだしが出る。それが美味しくないはずがないといって聞かねえ」

話しているうちに悲しくなったのか、彦助はまた涙ぐむ。

「夕飯は炊き込みご飯だけだったのかい？」

「汁物もあったけど」

「味噌汁かい？　味噌汁があれば、なんでも食える気がするが」

「味噌汁は何を入れたって、まずくなりようがないもんな」

男たちに酌《しゃく》をしながら、せいとかつも話に入った。

「昨日は味噌汁の具が三つ……」

ひとつはぬるっとした歯ごたえ。もうひとつはみちっとした感じ。もうひとつはにちゃっとして、ひどく甘かったと彦助はいった。

「なんだと思いますか？」

「謎解きかい？　よし当ててやる。ぬるっとしているのは、わかめか、ふのり？」

「なら文句はねえ、たとえ煮過ぎても」

「違うの？」

「……きゅうりの薄切りでござんした」

彦助は肩を落とし、ため息をつく。男たちは顔を見合わせた。

「きゅうりの薄切り？　味噌汁にきゅうりを入れるって。そりゃ珍しいな」

「きゅうりはしゃきっとじゃないの？」

「煮込むと、ぬにゃっとするんでさ」

「みちっとしてたってのは、小芋か？」

彦助が首を横にふる。

「違う？　じゃ、揚げ豆腐かなんか？」

「……くるみでした」

「くるみって、木の実の？」

「へえ」

「そいつも煮込んでるのか」

「がっちり」

「そのまま食ったらうまいのに？　なんで」

「わかりません」

思わず場がしんとなった。

「こうなると、もう一つが何か、聞くのが怖いや」

「で、最後はなんだ。にちゃっとしてひどく甘いってやつ。教えやがれ」

「……羊羹《ようかん》の賽《さい》の目切りでした」

再び場が静まり返った。

「こいつぁ、恐れ入ったね」

「想像の上をいきやがる」

「きゅうりは酢の物か漬物、くるみは和《あ》え物かくるみ豆腐、羊羹はそのまま食べりゃ、いいじゃないの」

そういったかつに、彦助がうなずく。

「おっしゃる通りで」

「斬新だな」

「並の料理人じゃねえ」

「こんなもん食えるかって、いってやったのか」

「なんでこんな料理を思いついたのか、聞いてはみましたよ」

「それで？」

「なんでも、西の方じゃ、味噌だしの汁に、あんこ入りの丸もちを入れた雑煮《ぞうに》があるとかで」

「ほんとか」

みな、目を丸くしている。

「ところ変われば品変わるだな」

彦助はうなずく。

「実家には料理人が大勢いて、遠くの土地の料理も研究しているんでさ。ですから、そこで耳にしているらしくて」

くみが作るのは、万事こんな具合で、毎日、飯の時間が恐怖だと彦助は顔を歪めた。

せいは、ずっと味噌汁の具の取り合わせについて考えていた。理由があって、合わせているとしか思えなかったからだ。

「おくみさん、くるみが入った羊羹が美味しいからって、ふたつとも味噌汁に入れてみようと思ったんじゃないかしら」

「おせいさん、そんなこと考えて何になるんだい？」

「おくみさんがどうしてそれを入れたのかわかったら、何かの役に立つんじゃないかって」

「じゃ、きゅうりは？」

「……もしかして冬瓜《とうがん》の代わり？　きゅうりも冬瓜もうりの仲間だし」

「似て非なるものだけどね」

かつが眉をひそめていった。

「昨日のものはまだましな方で」

「まし？」

「これまででいちばんまずかったおくみの料理は……筋子《すじこ》の炊き込みご飯でござんした」

げっと誰かがうめいた。それっきり、みな押し黙った。彦助の力の抜けた声が思いのほか、大きく響き渡る。

「羽釜《はがま》のふたをとった途端、白く硬く煮えた筋子の生臭いにおいが辺り中に広がって……そりゃあ、鼻をつくようなひどいにおいで」

筋子は鮭やマスの腹から取り出した卵をそのまま塩漬けにしたものだ。それを米と一緒に炊いたというのか。

「炊き立ての飯に筋子をのせれば、極上のご馳走《ちそう》なのに」

かつがぽつんとつぶやく。

彦助は「食べ物に文句をいうな」といわれて育った。おかげで、好き嫌いはない。なんでもうまいと食べる方だ。だが、くみの料理だけは食べきれない。

「そのやせっぷり……そういうことだったのか」

「ことは簡単さ。彦助さんが料理すればいいじゃないか」

かつが顔をあげた。

「それができれば……」

彦助は十八歳から、所帯を持つ二十三歳までの五年、一人暮らしをしていたので、料理を含め、掃除洗濯などは一通りできる。

だが、くみは彦助が料理することを断固として拒むのだという。「飯づくりは女房の仕事」といって、彦助を台所から追い出してしまうのだ。

「茄子なら、ただ焼いて醤油をかけて食べるのが好きだとか、きゅうりは浅漬けに限るとか、彦助さんの好みをおくみさんに教えればいいんじゃねえか」

「何度もいいましたよ」

だが、くみは聞く耳をもたなかった。それどころか「一生懸命作ったのに！　私のご飯、どうして食べてくれないの！」と泣きわめいた。

「泣かしときゃいいじゃねえか」

「それができねえんだよ、こいつは」

「そんな悠長なことといってる場合か？　このままやせていけば、いつか倒れるぜ」

「泣かれるくらいなら……泥饅頭《まんじゆう》だって口に入れます」

「……泥饅頭だって」

「ただ……無理して食べると、気持ち悪くなったり、腹を壊したりして、身体の調子が悪くなっちまうもんで」

「彦助さんがこんなにやせたのを見ても、おくみさん、へんてこなもんを作るのを、やめないのかい」

「おいらに好き嫌いが多いと、すねるんですよ」

「それじゃ、嫌がらせだろ。彦助さん、おくみさんにもしかして、嫌われているんじゃねえのか」

「嫌がらせで、毎日、手の込んだものを作るか？」

「本人は大まじめです。だから絶対に自分が悪いと認めねえ」

「気が強《つえ》えな」

「強いです」

「彦助さんが弱過ぎるんじゃないのか」

「ああ。話を聞いただけでも、おえっと吐き気がする」

「うちの奴は、毎日、同じものばっかり作るんで、芸がないと思ってたけど、とりあえず食える。それで文句をいっちゃ、ばちが当たるって気がしてきた」

「食えるなら、ごたごたいうな。彦助のことを思え」

「でも、おくみさんの実家は宮本だろ。あそこはうまいって、評判の店なんじゃないの？」

「宮本で食ったことがあるのか？　貧乏人が」

「あるわけねえだろ。おめえだってねえだろ。貧乏人が」

「胸張っていうんじゃねえよ。貧乏人、貧乏人って」

「そこのふたり、混ぜ返すんじゃないよ。宮本がそんな妙ちくりんな料理を出してるわけがないでしょうが」

かつが一喝した。

「宮本の料理も、おくみの実家の飯もほっぺたが落ちるくらいうまいっす」

彦助は低い声でいった。

「ふうん、…うまいもんを食って育ったら、べろもそうなるっていうけどな」

「だからてっきり、おくみも料理上手だとばかり思ってましたよ。一緒になる前は……」

「おくみさんは彦助さんと同じ料理を食べてるのかい？」

かつが尋ねる。

「あいつは小食で、一口二口食べて終わりなんで」

「味はわかるんだね」

「たぶん……あまりうまそうな顔はしてないですから」

「残った飯はどうしているんだい？　羊羹やくるみなんて、値段が張るものを使ってるじゃないか。まさか捨てたりしないよね」

「弁当にも入れるんです。おいらの。あとの残り物はお昼に自分が食べているといってますが、ほんとかどうか」

「おくみさんのおっかさんに相談できねえのか」

「いいつけるようで……」

「彦助さん、やせちまって、風が吹けば飛んでいっちまいそうなのに。それでも嫁をかばうたぁ、亭主の鑑《かがみ》だね」

「反対されて一緒になったもんで。正直、実家の宮本は敷居が高いんでさぁ」

「おかわりはもういいかい？　おかずは小芋の煮っころがしと沢庵《たくあん》しか残ってないけど」

「いただきます。……ああ、うまい。うまいなぁ」

結局、彦助はどんぶり飯を四杯もおかわりして、とくとく亭を後にした。

くみは明日、帰ってくるので、明日からはまた珍妙な食事が待っていると肩を落として。

「なんとかしてやりたいなあ」

「おいらたちでなんとかできるもんかねえ。おたつに相談してみるか」

「そうだな。男だけでない知恵を絞って、うんうんいっても仕方がねえや。おイネにも力を借りるか」

茂吉がそういってせいを見る。

「おせいさんもおかつさんも力になっておくれよ。頼むよ」

せいが長屋に戻ると、染は布団に入っていた。

「おかえり」

「ただいま」

くぐもった染の声がした。蚊やりの匂いが部屋中に漂っている。染はこの日訪ねてきた初のことを考えているに違いない。初は次にいつやって来るのだろう。どんな話になるのだろう。

「遅かったね」

「お客さんたちがいっぱいで」

「疲れただろう。ゆっくりおやすみ」

「おかみさんも。おやすみなさい」

なんでもない言葉が心にしみるのは、近いうちに染が長屋を出ていく気がするからだろうか。

三

翌朝、井戸端で茶碗を洗いながら、かっと晴れた青空をせいは見上げた。そろそろ涼しくなってもいいのに、今日も暑くなりそうだった。

どこからかお囃子《はやし》が聞こえた。神田祭のお囃子の稽古が町のそこここで始まっている。

「いってきま〜す」

「しっかり勉強してくるんだよ」

風呂敷包みを持ち、手習い所に駆けていく梅や鷹次郎を、木戸まで出て見送ったイネが井戸端に戻ってきた。

「ああ、行った行った。みんなを送り出すとほっとするよ。……ところで、うちのが、おせいさんに話を聞けっていい残して出かけて行ったけど、何？」

イネは長床几に腰をおろし、首に巻いた手拭いで額に浮いた汗をふいた。

せいが、彦助とくみの話を切り出すと、イネは眉をひそめた。

「そういや、半年くらい前からかな、彦助さんがどんどんやせてきたって、うちのが心配してたんだよ」

たつが洗濯物を抱えて出てきたのはそのときだ。

「聞いたよ。彦助さんのこと。うちのとは仕事を始めたときから一緒だったもんだから、気になっていてさ。今じゃ、向こう側が透けて見えるくらいやせてるっていうじゃない」

せいが、筋子の炊き込みご飯の話をした途端、ふたりの顔が盛大にゆがみ、あごがくんとさがった。

「女房に作ってもらった料理に文句をいうなんて、亭主の風上にもおけないと思ったけど、そりゃ尋常じゃないわ」

「我慢して食べろって、いえる話じゃない」

さらに、羊羹入りの味噌汁や、ぐちゃぐちゃの炊き込みご飯のことを伝えると、イネとたつはしきりにもったいないといい始めた。

「そのままで美味しく食べられるものを、なんで」

「米がもったいない。羊羹がもったいない」

「残したもんはどうするのか、まさか捨てないよね」

「でもだからといって、筋子の炊き込み、食べる？」

結局、また堂々巡りだ。

「おたつさんは、おくみさんと顔を合わしたこと、あるの？」

せいが聞くと、たつはこくんとうなずいた。

「同じころに祝言をあげるってんで、あっちの夫婦と四人でお茶を飲んだことがあるってだけだけど」

くみは小料理屋宮本の娘。たつは煙草屋《たばこや》の娘。彦助は、逆玉《ぎゃくたま》だとしきりにもてはやされていたという。

「器量はどっちかっていったら、私の方が上なのに、おくみさんが金持ちの娘だから、彦助さんはずいぶん、うらやましがられたのよ。でも、おくみさんに会って、私、おったまげちゃって」

「何かあったの？」

「お汁粉屋で会ったのよ」

「どんな人だった？」

「どんな人だったかは、正直、よく覚えてないの」

たつによれば、お汁粉が出てくると、くみは懐《ふところ》から七味唐辛子を取り出したのだという。

「かけろ、っていうのよ」

「七味を？」

「そう、お汁粉に。七味をかけるとお汁粉がとっても美味しくなるから、だまされたと思ってやってみてって、うるさいほどいったの」

たつはお汁粉に七味唐辛子などかけたことはなかった。かけてしまって、せっかくの汁粉が台無しになるのだけは勘弁してほしかった。だが、断り切れないほど、くみはしつこかった。それで、ほんの少しだけ、お椀のすみの方に七味を振ったという。

「どうだった？」

「それがさ。……案外美味しかったの」

「辛いのに？」

「ほんのちょっとかけただけだから、辛いっていうより、ちょっとぴりっとして、甘みも濃くなった気がした」

「へえ。そういうもん」

「ま、こっちはそういうわけだったんだけど」

一方、くみは自分のお椀と彦助のお椀に、七味唐辛子を盛大に振った。

「もうぜんぶ真っ赤になるくらいどばっと。七味で汁粉にふたをした感じ」

「……それ、うまいの？　食べられるの？」

「七味唐辛子をそのままじゃりじゃり食べるのが好きならね」

彦助はむせながらも食べた。くみも涙目になって、汁粉をすすっていたという。

——ね、美味しいでしょ。

彦助ははあはあいいながら、くみに答えた。

——か、辛い。

——辛いけど甘いでしょ。

——辛過ぎて……べろがばかになったのかな。

——けど特別な味でしょ。

汗を流し、洟をたらし、目を真っ赤にしながら、必死に汁粉だったものを食べるふたりを、徳一とたつは唖然《あぜん》として見ていたという。

「こんなもん、食べられるわけないだろっていっていい代物《しろもの》なのに、彦助さん、怒らないの。おくみさんはもうお腹いっぱいって、途中で食べるのをやめたのに。彦助さん、おくみさんの分まで食べたのよ。それで、他に何を話したか、全然覚えてない。……このふたり、相当、変わってるって思っただけ」

「話を覚えてないのも、無理ないわ」

イネが腕をくんだ。

「うちの人も、おくみさんじゃなくて、おまえで本当によかった、彦助は大変だなって同情していたのよ」

「それだけ唐辛子をいっぺんに食べたら、どうなるんだろ」

「おなかを壊すんじゃないですか」

「その調子でおくみさんが料理をしているなら、命にかかわるわ」

「庄助長屋の人に様子を聞いてみるか」

顔の広いイネはいった。たつも心当たりに話を聞いてみると請け負った。

その日、初は来なかった。

四

庄助長屋では、くみの料理のことを知らぬものはいなかったと、イネは勇みこんでいった。例によって、みなが出払った翌朝の井戸端である。

「今年の正月、おくみさんの雑煮を食べた子どもたちが泣いて、吐いたんだって。いや、吐いて泣いただったかな」

その雑煮は、ぐつぐつ煮たてていたために、餅がどろどろに溶け、そのうえ、汁に酢がたっぷり入っていたらしい。

「酢？　西の方じゃ、雑煮に酢を入れるとか？」

なんで、雑煮に酢なんかを入れたのかと、長屋のおかみさんがくみに詰め寄った。すると、くみはけろりとしていった。

——酢を入れると腐りにくくなるし、味にも深みが出るから。

「おまけに、子どもたちの具合が悪くなったのは、雑煮のせいではなく、何か悪いものをよそで食べて来たからじゃないかって、おくみさん、決めつけたらしい」

しばらく、長屋の子どもたちはくみには近寄らなかったという。

「掃除洗濯などは当たり前にやってるって、ただ料理をけなされると途端に機嫌が悪くなるんだって。絶対に引き下がらないんだって。長屋の人たちも、彦助さんのやせっぷりは心配してたよ。顔色は悪いし、肌はがさがさだし」

「亭主が目に見えてやせたら、普通は、せめて食べられるものを作ろうとするんじゃないかと思うけど」

「彦助さんもよく我慢して一緒に暮らしているよ、おくみさんにそんなに惚《ほ》れているのかねえ」

「そもそもふたりはどうやって知り合ったんです?」

「おたつさん、知っている?」

たつが自分の出番とばかり話し出した。

「詳しく聞いたわけじゃないけどね。彦助さんはおくみさんの実家の宮本に出入りしてて、注文の魚を毎日、届けていたらしいの。ちょっといい男でしょ、彦助さんって、物言いは優しげだし。そこにおくみさんが惹《ひ》かれたみたい」

宮本は工夫をこらした創作料理で知られ、今はしっかり者の長女・みさが、腕のいい板前と一緒になり、若女将として店を仕切っている。

「じゃ、彦助さんは？」

「風邪で彦助さんが寝込んだときに、わざわざおくみさんが長屋に訪ねてきて、かいがいしく面倒を見てくれたそうよ」

「七味唐辛子の汁粉を我慢できるほど？　うちの亭主だったら、唐辛子をどかっと入れられた途端、すたこらさっさ、逃げ出すだろうけど」

「命あっての物種《ものだね》だものね」

「でも、もう笑って片付けられない。彦助さんの命がかかってる。おくみさんがふてくされようがすねようが、彦助さんが食べられるものを作ってもらうか、彦助さんに台所を明け渡すかどっちかにしてもらわないと」

「おイネさんのいう通りだわ」

「でもさ、どうするのよ」

そういったたつを、イネが見つめた。

「おたつさんから、おくみさんに話してもらうのが、やっぱりいいんじゃないのかな」

「あたしがなんで？」

「この中でおくみさんとつきあいがあるの、おたつさんだけだもの」

「知ってるってだけよ。一回しか会ってないのよ。人の話なんか聞く人じゃないって気がするし。気が重いな」

「でもこのままじゃ」

「わかってる。放っておけないよね。……だったらおイネさんとおせいさんも、一緒に来てよ。ひとりじゃいやだけど、三人でならおくみさんのところに行ってもいいわ」

イネとせいは顔を見合わせ、神妙にうなずいた。

その午後、昼の商いを終えたせいは、イネとたつとともに、さっそく、くみを訪ねることになった。

庄助長屋は不忍池《しのばずいけ》を望む茅町《かやまち》にあった。なんてん長屋から四半刻もかからない。

「お久しぶりですね。おたつさんも変わらず、お元気そうで。近くなのに、ゆっくりおしゃべりをしたこともなかったですよね。でも彦助さんから徳一さんのことはたびたび聞いていましたのよ」

「こちらこそ、ご無沙汰してしまって」

突然訪ねて行ったにもかかわらず、長屋の中はきれいに片付いていた。一輪ざしに、紫色のてっせんが一輪さしてある。

くみは、撫子《なでしこ》が描かれた今年流行りの浴衣を着ていた。椿油《つばきあぶら》を塗った髪は烏《からす》の濡《ぬ》れ羽《ば》色で、甘い香りがする。真っ赤な珊瑚《さんご》のかんざしが鮮やかだ。唇には紅《べに》がほんのり。こちらが気後《きおく》れするような華やかさだった。

たつもこの日は気合を入れていた。朝、髪結いに行ったのか、つぶし島田《しまだ》にきれいに結い上げられ、髪には、こちらも珊瑚のかんざしをさしている。ただ、くみの珊瑚玉の半分の大きさもないし、色もぼんやりしている。朝顔の浴衣はかわいらしいが、何度も水を通していると、ひと目でわかった。

長屋住まい、魚市場で働く亭主という二点は同じでも、嫁の出所が違えば暮らしぶりも違う。たつと徳一の仲の良さはぴか一だが、暮らしはかつかつ。それが装《よそお》いにもあらわれていた。

「で、今日は？　こちらのおふたりは？」

「たまたまそこでばったり会いましてね。ついてきちまったんですよ」

イネとせいが会釈する。

「同じ長屋の人で、こちらはおイネさん。そしておせいさん。おイネさんのご亭主は魚の棒手ふりをなさっているので、まんざら彦助さんと知らない仲じゃないんです」

「まあ、それはそれは。いつもお世話になってます」

くみはイネとせいに軽く頭を下げた。イネがほほ笑む。

「こちらこそ。いえね、ご夫婦になってもうすぐ一年ということで、おたつさんがおくみさんと彦助さん夫婦を、家に招いてご飯でも食べようと思うっていったんで、それはいい話だと思いましてね。それなら私も一肌脱ごうと思いましてね。うちの亭主と彦助さんも、長いお付き合いですし」

来る道々、くみにどう話を切り出そうかと三人で話した。いきなり、料理の話を持ちだすのはいくらなんでも唐突過ぎる。

くみを連れ出して、様子を見ながら話をするしかない。それで、たつがくみを結婚一周年の祝いで、家に誘うということになったのだが。

「うちの人と私を？　徳一さんのところに？　一緒にご飯を？」

くみは、あからさまに困惑していた。

そりゃそうだろう。いくら亭主同士が仲良くしているとはいえ、くみとたつは一度しか会ったことがない。

ない知恵をいくら合わせても、いい知恵は浮かばないという手本のようなものだった。

だが、せいはともかく、たつとイネはずうずうしさと開き直りという奥の手を持っている。

くみのとまどいに気付かない風を装い、たつはどんどん話を進める。

「同じ時期に所帯を構えたもの同士、うちで、みんなでご飯を食べましょうよ」

「そりゃ、結構なお話ですけど、ご迷惑じゃありません？」

「迷惑だったらお誘いしませんよ。これからお互い子どももできるかもしれないし、これを機に、もっと深くおつきあいをしたいんです」

文句の出ようのない話ではあるが、やっぱり藪《やぶ》から棒でもある。

「子どもができると、近所の知り合いはいっそう、大切になりますからね、うちは三人子どもがいますけど、近所で気にかけてくれる人がたくさんいるもんですから、何かと安心で。遠くの親類より近くの他人って、ほんとですよ」

イネが調子を合わせる。

「そちらは？」

くみはせいを見た。

「この人、おせいさんといって、もともとあの長屋に住んでいて、ついこの間まで菓子屋の女中をしていたんですよ。でも、先日、長屋に戻って来て、今、一膳飯屋で働いているんですけどね、料理上手なんです」

イネがせいに代わって答えた。せいはびっくりしてイネを見た。

自分が料理上手？　初耳である。

料理などうまくもなんともない。何を作ったって普通だ。実をいえば染のためにご飯をちょっと多く炊くのだってめんどくさいと思う口でもある。イネだって、それを知っているだろうに。

「ごちそうを作るなら、手伝うっていってくれてね。おたつさんの姉さんのような関係なんですよ。そうだよね」

とくとくとイネはいう。

「あ、はい。まあ、そういうことで」

「一膳飯屋の料理人なの？」

「いえ、ただのお運びで……」

「ふうん」

「善は急げで。……明日のご都合はいかがです？」

たつがじれたようにいった。たつは気が短く、この場をさっさと後にしたいと思っているのがありありだった。くみはわずかに眉をよせる。

「ずいぶん急な話で、あの人に聞いてみないと……」

「お待ちしていますよ」

「あの……伺うとしたら、何時《いつ》ごろに？」

「七つ半（十七時）でどうでしょう。中坂のなんてん長屋です。それでは。お邪魔様」

なんとか、くみを煙《けむ》に巻いて、三人は庄助長屋を後にした。

イネとたつは、うまくいったと顔を上気させていたが、せいは思った以上にくみは手ごわそうだと思った。

小料理屋の娘として何不自由なく育ち、亭主が自分の料理のせいでどんどんやせてしまったのに、妙ちくりんな料理を作るのをやめない女。たつとイネが持ち前の人懐っこさと厚かましさで、懐の中に入ろうとしたが、最後まで気を許さなかった。

「それにしても、あのお茶、いただけなかったね」

イネがいった。たつが渋い顔でうなずく。

「うん。飲めたもんじゃなかった」

せいの口の中にも、今も苦みが残っている。

――これは番茶に炒り大豆を混ぜた茶ですの。

――炒り大豆？

――節分の豆まきに使う豆と同じものを番茶に混ぜているんです。体にいいんですよ。さっぱりした番茶に、大豆のうまみと甘みが加わって、彦助さんもこれが好みで。

三人が一服含んだ後に、変な顔になったのは、ひどくまずかったからだ。大豆が焦げていたのか苦みが強かったうえ、大豆かすのざらざらがお茶に混じっていて、舌触りも悪かった。

――ご自分で大豆を炒られているんですか。

――もちろんです。

それからくみは越前《えちぜん》の方ではよく飲まれているお茶なのだと、うんちくを語った。

越前では、夏は雲丹《うに》、冬は蟹《かに》がうまいと続け、さらに、米と大豆を番茶で炊き込む茶がゆは、西の方でよく食べられるのだともいった。

あのときのとくとくとしたくみの顔は自信にあふれていた。くみは自分の料理に関して聞く耳をもたないといった彦助の言葉が蘇《よみがえ》る。

彦助がこれ以上やせないように、彦助が食べられる料理を作ってやってくれと真正面から説いたところで、効き目がないどころか、逆にくみを怒らせかねない気がした。

イネとたつは明日、何の料理を出すか、吟味《ぎんみ》し始めている。

「焼き魚、おひたし、白飯、味噌汁、小鉢もの……簡単にといっても、お客なんだし」

くみにばかにされるのがいやだからと、小鯛《こだい》を奮発しようかなどと、見栄をはりたがるたつを、せいはしきりになだめた。

「できるだけ手をかけない。ご飯は当たり前のものじゃないと」

「そうだよ。そういうものがいちばんだって、おくみさんにわかってもらうのが目的なんだから。贅沢なものはなし。納豆と冷ややっこ、きゅうりとわかめの酢の物、油揚げと茄子の味噌汁、そんなものでいいんじゃない？」

イネも声をそろえる。たつはきっと奥歯を嚙む。

「こんな料理でよく人寄せをする気になったわねと、おくみさんがあきれるんじゃない？　それはそれで悔しいな」

「彦助さんのためだ。そこは我慢だよ」

「小鯛がだめなら何にする？」

「奮発して鰺か鯖《さば》までかな」

「情けないくらい、ぱっとしないね」

「彦助さんが食べたいのはそういうもんなんだから」

「彦助さんがこれ以上、やせないようにするための集まりだからね」

たつは最後にしぶしぶうなずいた。


夜の仕事を終えて、戻ってくると、寝床に入っていた染はまだ起きていた。

「お疲れさま」

「まだ女将さん、起きてらしたんですか」

「さっき、おイネさんとおたつさんがうちの前で話していたのが気になってね。

……とんでもない料理を作る人がいるんだってね」

さぞかし、大声で話していたのだろう。

「そうなんですよ」

「料理が不得手《ふえて》な人っていうのはいるからね」

染がいうには、料理ができない人は料理の仕方を懇切丁寧に教えても、その通りに作らないという。

「面倒くさくなるのか、こんなものでいいと思うのか、途中で何かを変えたり、はしょったり、火加減を忘れたりしてしまうんだ。結果、味が甘過ぎたりしょっぱ過ぎたり、味がなかったり、半煮えだったりする。本人は一生懸命作ってるつもりなんだけどね」

当の染は俵屋でも命じるだけで料理はしなかった。一緒に住んでからも、ご飯を炊いたこともない。だが、染は妙にきっぱりといった。

五

翌朝、たつは張り切っていた。夕方伺うと、くみから言伝《ことづて》があったのだ。

「今日はまず掃除だわ」

「狭い長屋だから、掃除なんかには半刻もかからないだろ」

「汚いと思われたらしゃくじゃない」

「それよりさ。手順を間違えないようにしなきゃ」

「料理を出す。亭主連中がうまいうまいと食べる。そこで私が、男の人はこういう当たり前のものが好きなのよねぇという」

「すかさず私が、毎日食べるものは口飽きしないものじゃなければねえ、と続ける」

たつとイネはやっきになって、口上《こうじょう》の稽古に励んでいた。

首尾は上々とふたりはいっているが、こんな程度で、強烈なくみに太刀打《たちう》ちできるのか、せいは不安だった。

いずれにしても、彦助とくみがなんてん長屋に訪ねてくる時刻に、せいはとくとく亭にいて口も手も出せず、うまくいくことを願うしかない。

せいは初のことも気になっていた。そろそろやって来るような気がしてならない。

「お初さん、いついらっしゃるんでしょうね」

朝方、とくとく亭に行く前に、染にそういってしまったのはそのためだった。

「さあねえ。あの子も、なかなか家をあけられないんだろうよ」

「大きな八百屋さんなんですよね」

「本所ではいちばんの八百屋だよ。いくつかの料理屋にも直接卸していてね。水菓子も扱っていて、評判がいいらしい」

「大したものですね」

「……私が初のお荷物になりさがるなんてねぇ。店をとられちまったらしまいだよ。……人の運命とはわからないもんだよ」

低くつぶやいた染の横顔はひどく寂しげだった。


その晩、とくとく亭は盛況だった。神田祭の準備の寄り合いから流れて来た連中が景気よく気炎をあげている。祭りといえば、江戸っ子はたやすくたがが外れてしまうのだ。

その一団が帰ってようやくひと息ついたとき、ぷりぷりした顔のイネとたつと、肩を落とした茂吉と徳一がすごすごと店に入ってきた。

「お酒、ちょうだい！」

「お猪口《ちよこ》はふたつでいいから」

イネとたつが口々にいう。

「おせいさん、おいらたちにもお酒をお願いしやす」

小声でいった徳一と茂吉に、イネとたつが目をむいた。

「あんたたちもまだ飲む気なの？」

「あれだけ飲んで？」

「なんの役にも立たなかったのに」

「勝手なことをほざいて、台無しにしたってのに」

「……すまねえ」

「……面目ねえ」

イネとたつは、男二人を冷たい目で見据えて、酒で唇を潤《うるお》し、それからせいに食事会の顚末《てんまつ》をぶちまけた。

たつとイネが用意したのは、白飯、かますの一夜干し、小松菜と油揚げの煮びたし、焼き茄子、小芋の煮っころがし。冷ややっこ、おから煎《い》り、ひじきの煮物、きゅうりと茄子の浅漬け。なんでもないおかずばかりだが、味はすこぶるよかったという。

彦助は目を輝かせて、「うまい、うまい」と食べた。

打ち合わせ通り、たつとイネが口上を述べ始めた。

――こういう当たり前のおかずが、男の人は好きなんだよね。

――毎日食べるものは口飽きしないものじゃなければねえ。

――慣れた味が美味しいのよ。

――そうそう。

そこで徳一と茂吉が相槌をうち、話を盛りあげる約束だった。

だが酒を飲みはじめていい調子になったふたりは、すっかり忘れてしまったのだ。口上どころか、なんのための集まりかということも。

――毎日食べ慣れたものがうまいってか？　だからって、変わり映えのしないもんばっかりじゃあなぁ。せっかく彦助さんたちが来てくれたのによ。

――魚といえば鯵と鯖、かますがごちそうってんだから。

――たまには変わった料理も食べてみてぇなぁ。

――ああ。はじめて食った、うめえもんだなぁ、みたいなやつをな。

――だいたい、冷ややっこなんて料理と呼べるのかい。豆腐を切って、醤油をかけただけじゃねえか。

徳一がぼやいたのに茂吉が乗って、どんどん調子づいた。イネとたつが黙っているわけがない。

――切っただけ？　いってくれるね。みょうがと小葱《こねぎ》、生姜の薬味をのっけているじゃないの。目の玉、ひんむいてよく見てちょうだいよ。

——そうだよ。こんな冷ややっこを毎日食べられるなんて、徳一さん、果報者だよ。

だが酒が入った茂吉と徳一はますます勢いづく。

——徳一、うちのおイネの得意料理、なんだと思う？

——おイネさんの？　なんだろな。あさりの味噌汁？

——ありゃこたえられねえ。けど、そうじゃない。

——なんだろ……ゆで卵？

——惜しい。

——温泉卵？

——あと一歩。

——卵焼き？

——いや、卵かけご飯だよ。

——……それ、料理かい？

——炊き立てのご飯が肝だからな。

——ふうん。じゃ、今度はうちのおたつの得意料理を当ててくれ。

——しじみの味噌汁？

――うまいが違う。

――今日の料理の中にあるかい？

――今日の料理には残念ながらない。が、あってもよかった。

――酒の肴になるものだな。

――茂吉さん、やっぱりするどいな。

――もしかして……枝豆じゃねえのか？

――なんでわかっちまったんだ。当たりだよ。

――おまえ、年中、枝豆が好きだっていってるじゃねえか。でも、枝豆は茹《ゆ》でるだけ。それで料理って呼べんのか？

――茹で加減と塩加減が肝だからな。料理だろ。卵かけご飯よりは。

――おめえ、卵かけご飯を馬鹿にしてんのかい？

――してねえよ。おいらだって卵かけご飯は好きだ。

話がどんどんずれていく。イネとたつはなんとか話を戻そうとした。

――彦助さんは何が好きなの？

――おいらはなんでもいいっす。おくみが作ってくれるものなら。

徳一も茂吉も相当に頭のねじが緩んでいるが、彦助もどうしようもない。好き好《この》んで、この会をたつとイネが開いたわけではなく、彦助のために、くみに料理を見直してもらうためにわざわざがんばったのに、彦助本人が「おくみが作ってくれるものならなんでもいい」といってしまったら、すべて水の泡だ。

茂吉は彦助の肩をぺちっとはたいた。

——彦助は男の中の男だな。女房の作ったものならなんでもいいとは、いえそうでなかなかいえない。

——そういう茂吉さんはどうだい？

——自慢じゃねえが、おいらはおイネが作ったもんに、文句をいったことなどねえよ。文句なんていったらと、考えるだけでもおそろしい。で、徳一んとこは？

——なんでもありがたくいただいてますよ。なあ。

——文句をいったら、ばちが当たりますよ。

——そうそう。彦助のいう通り！

そこ、うなずくところじゃないだろうと、イネとたつは眉を逆立てたが、時すでにおそし。

そんなこんなでお開きになってしまったという。はじめはツンとしていたくみも、次第にふんふんと鼻をならしはじめ、機嫌よく帰っていった。

「お粗末な話」

「せっかくいい機会だったのに」

ぷかぷか頭から湯気《ゆげ》をあげているイネとたつの傍らで、茂吉と徳一は首を縮こめ、背を丸めている。

「彦助さんは、しっかり食べていったの？」

「おくみさんの目は気にしながらだけど、全部美味しそうにぺろっと食べて帰ったわ」

「家では残すことも多いんでしょ。おくみさん、彦助さんが平らげたのを見て、自分の料理を考え直してくれれば、会をもったかいもあるものだけど」

「まったくうちのやつらったら」

「どいつもこいつも」

そのときだった。珍しい人が店に入ってきた。染である。

「あら、おかみさん、どうしたんですか？」

「ちょっとお酒をいただこうと思って」

「呑める口でしたっけ」

「普段はいただきませんけどね、呑みたいときもあるんですよ」

「そういえばお客さんでしたね」

イネがいった。たつが続ける。

「娘さんでしょ」

せいの心の臓が跳ね上がった。初と染はどんな話をしたのだろうか。

せいはちろりを染に届けると、傍らに座って、お酌をした。染はうっすらとほほ笑み、猪口を唇に運ぶ。

「お染さん、聞いてくださいよ。亭主たちの情けないことといったら」

たつとイネは、憤懣《ふんまん》を染にもぶちまけた。

一通り、染は黙って話を聞き、ゆっくり口を開いた。

「悪いのは、おくみさんのめちゃくちゃな味つけだっていうけど、ほんとにそれだけですかね」

「その他になにかある？」

たつはきょとんとして染を見た。

「聞いた限りですけど、私にはおくみさんだけが悪いとは思えないんだけど」

「えっ？　亭主が食べられなくて困るようなものを、おくみさんが作るのをやめればいいんだよね。普通に食べられるものを作ればいいんだよね」

たつがまた確認するようにいう。染はうなずいた。

「それを、彦助さんがおくみさんに言い続ければいいだけの話ですよね。人を巻き込んだりせずに」

「以前に、彦助さん、意を決して、おくみさんにいったそうですよ。こういう料理は食べられないって。でも、おくみさんたら、けんもほろろだったらしくて」

イネがたつに助け舟を出した。けれど、染はまた首をかしげる。

「けんもほろろって……そのくらいで引き下がるってのが……。ずいぶんやせちまったんでしょ。体に力が入らない。このままいったら、倒れてもおかしくないくらいげっそりしてしまったというじゃないですか。彦助さん、本当に、きちんとおくみさんにこの食事ではだめだといったんですかね。この期《ご》に及んでも、おくみさんの作ってくれるものならなんでもいいっていっているようじゃ……」

「よくあんなことといえるなって思ったわよ。ね、おイネさん」

「相当、おくみさんが怖いんだなって思った」

「……変わったものばかり作りたがるおくみさんにも、何か屈託《くったく》があると思うけど、彦助さんも、おくみさんにはっきりいえない何かを抱えているんじゃないかねぇ」

「そうだよ。夫婦なのに、なんでそこまで気を遣うんだろ」

かつがうなずく。岩太郎も仕事をひきあげ、まかないを食べながら猪口をもって、話に入ってきた。せいの前にも、白飯と煮物や煮魚などのまかないが並ぶ。

「……彦助さんはどこの出なんだい？」

染がたずねた。徳一が首を横にふった。

「確か、根岸《ねぎし》だったか、けどあいつ、家族との縁が薄いんだよ。三つか四つのとき、親が夫婦別れして、母親に引き取られたんだ。一年もたたないうちに、母親は再婚したんだけど、彦助は連れて行ってもらえなくて、母方の祖父母に育てられたそうだよ。手習い所に行くころにその祖父母があいついで亡くなり、それでも母親は彦助を引き取ってくれなかったらしい。もう新しい父親との間に子どもも生まれていて、そっちを母親はかわいがっていて。それからはずっと、親戚の家をたらいまわしにされたとか」

魚市場で小僧として働きだしたころ、仕事のきつさに音《ね》をあげる徳一に、彦助はこれまでの暮らしに比べればどうということはないといったという。

「もしかしたら……こんな料理は食べられないっていったら、せっかく手に入れた自分の居場所、自分の家を失ってしまうかもしれない。彦助さん、それが怖くていいたいことがいえないのかも」

せいはそういって、頬に手をあてた。

染がうなずいた。

だとしたら、くみはどうだ。くみは彦助が日に日にやせていることに気付いているはずだ。それなのに、なぜ、へんてこな料理を作るのはやめないのか。

ふいにかつが顔をあげた。

「もしかしたらおくみさんの料理は、実家の宮本と関係あるかもしれないね。宮本は、おくみさんの姉さんが若女将になって、その連れ合いが板場を仕切るようになってから、めきめきと評判をあげているんだよ」

すりおろした大和芋《やまといも》を海苔《のり》で包み、軽く揚げた「大和芋の磯辺巻き」やら、甘辛味噌であえた茄子のみじん切りを大葉で包み、両面をこんがり焼いた「茄子の大葉焼き」、「小松菜の湯葉巻き」などが評判だと、岩太郎が続ける。

「それって食べられる代物だよね」

そういったイネに、岩太郎が大笑いをした。

「そりゃ、金をとるんだから。板前の若旦那は腕がいいし、若女将のおみささんは愛想がよくて美人。これからの宮本は安泰だといわれてるよ」

岩太郎は修業時代を共にした板前仲間と今も、ときどき集まっている。みな、それなりの料理屋で、腕をふるっていて、料理の流行や料理店の動向には目を光らせていた。

「おくみさんとおみささんはいくつ違いですか」

染がたずねた。

「さあ、七、八歳というところじゃないか？」

「おみささんは、若女将になってもう長いんですか？」

せいがなにげなく聞いた。

「いや、確か一年くらいじゃねえのか」

「じゃ、おくみさんが彦助さんと一緒になったのと同じころに、おみささんも婿《むこ》をもらったんだ」

「そういうことになるな」

茂吉と徳一が身を乗り出す。

「おくみさんは今、十九。ってことはおみささんは二十六、七歳？　美人なのに」

茂吉がせいをちらっと見たような気がした。こういう話が出ると、せいはただ行き遅れというだけで、ひっぱり出される。

だが、美人で愛想がよい女の結婚が遅いのはおかしい、と思うのが間違っている。いい女から先に片付くとは限らないのだ。

「それにしても、おくみさんが宮本を継がなくてよかったですね。筋子の炊き込みご飯を作るような若女将だったら、宮本も大変だったでしょうよ」

気を取り直してそういったせいに、染はうなずく。

「いずれにしても、おくみさんの料理を変えられるのは、彦助さんだ。まずは、腹を割って、ふたりで話してみるしかないですよ。自分のためにもおくみさんのためにも」

「お染さん、さすが大店の女将さんだ、いうことに腹が据わってらぁ」

岩太郎が感心したようにいう。

「女将さんはどこの生まれだい？」

茂吉が何気なくいった。

「この近くですよ。葭町《よしちょう》の先でした」

「目と鼻の先じゃねえか」

せいは目を見張った。これまで、染がどこの生まれだとか、どういう育ちだとか、一度も聞いたことがない。十年、俵屋にいて、誰かが何か噂をしていたって不思議じゃないのに、染の出自については一切、耳にしなかった。

それが神田のこの近くだとは、驚きだった。

「実家は残っているのかい？」

岩太郎が尋ねる。

「もうないんですよ」

「ないって？」

「焼けちまってね」

「そうかい。悪いこと、聞いちまったね」

「もう三十年ほど前のことですよ」

「三十年前って、もしかして、料理屋から出た火で葭町一帯が焼けたという？」

岩太郎が膝を進める。染は襟元を直した。

「ご存じでしたか」

「ひどい火事だったよ。あの頃はあっしは門前町の長屋に暮らしててね」

「まだ小さかったでしょ」

「十《とお》だったか。でも、あの日のことは今でも覚えてますよ。風の強い、冬の夕方で、こんなときに火が出たら大変だって、おふくろがいったんでさ。それからほどなくして、半鐘《はんしょう》が鳴って、葭町の方だってんで、天神様の坂の上から下を眺めたら、火が町をなめるように広がっていくのが見えました。次々に荷物を背負った人が坂をかけあがってきて……そうですかい。あのとき、実家が火にまかれましたか」

岩太郎が気の毒そうにいう。

「お染さんの実家は何をなさってたんです？」

「父親は鋳掛屋《いかけや》でした」

「へえ、てっきりどこぞのお嬢さんだったとばかり思ってましたが」

「祖母と両親、弟と妹、六人で九尺長屋に暮らしていたんです」

せいはぽかんと、染を見つめた。

四畳半に六人、折り重なるように、この染が暮らしていたというのはさすがに意外だった。染はいいところの娘で、何不自由なく育ち、俵屋に嫁いだのだとばかり、せいは思っていた。

自分と変わりない長屋育ちなどとは思ってもみなかった。

「今も、ごきょうだいたちは葭町に？」

「いえ、亡くなったんですよ。あの火事で。助かったのは私一人でして」

しーんと場が静まり返る。だが、染は淡々と話し続ける。

「父が鋳掛屋として出入りさせていただいていたのが、俵屋さんでしてね。家族が亡くなり、住むところもなくなっちまった私に、俵屋の先々代が女中として働かないかといってくれたんです。助かりました」

「よくがんばりなさった」

岩太郎がいった。両親ときょうだい、祖母の全員を失い、生きる気力を取り戻すのは大変だったろうといういたわりが、岩太郎の声にこめられていた。

「ご苦労なさったんですねぇ」

かつがしみじみという。

俵屋で凜として働いていた染の姿をせいは思い出した。

せいが奉公したとき、先代も元気で、染は女将として店でかいがいしく客の相手をしていた。

元気そのものだった先代が倒れ、ふた月ほどして亡くなったとき、染は気丈に葬儀を仕切った。さすがにこのときは染もひと月ほど床に就《つ》いた。けれど立ち直ると、番頭とともに店を切り盛りし、ふたりの娘と後継ぎの松太郎を育てあげた。娘を次々に嫁に出し、これから松太郎に店を譲り、ゆっくりできるといっていた矢先、すべてを失い、なぜか女中だったせいの長屋に転がり込んだ。

波瀾万丈、流転《るてん》の人生といっていい。

「徳一さんと茂吉さんが出張るしかねえな」

やがて岩太郎が話を戻した。ふたりが、顔を見合わせる。

「って、何をすればいいんですかい？　徳一、わかるかい？」

「いや」

今度はイネとたつが顔を見合わせた。

「これだから……彦助さんに、おくみさんに、当たり前の料理をしてくれ、できないなら自分が作るって、はっきりいうしかないって、いい聞かせることだよ」

「おくみさんがうんっていうまでね」

茂吉と徳一はため息をついた。

「それが難しいから、ごはんに誘ったんだよな」

「でした。……」

「呼び出して、彦助にきっちり話すしかねえか」

イネが眉根を寄せ、首をひねった。

「大丈夫かね、このふたりにまかせて」

「肝心なところになると、からきし意気地《いくじ》がなくなるんだから。あんた、ちゃんと彦助さんに話せる？」

「意気地がなくなるとは聞きずてなんねえ。てやんでえ。やるときゃやる」

徳一はたつに意気込んでいう。

「彦助さんに気合入れろ、っていってやってよ」

「おう、まかしときやがれ」

茂吉は胸を張って見せる。

「そこまでさ、他人ができることは」

染がそういうと、お開きになった。

せいは初と染がいったい何を話したのか、気になって仕方がなかった。だが、勢い込んで聞くわけにもいかない。

布団に入ると、染はぽつりといった。

「近いうちに、ここを出ていくから」

ようやく染が出ていってくれる。待ち焦がれた言葉のはずだった。

けれど、せいの胸は少しも浮き立たなかった。こみあげてきたのは、心がしぼんでしまうような寂しさだった。

お初さんとどんな話をしたんですか。

これから女将さんはどう生きていくんですか。どこへ行くんですか。

尋ねたいことが山ほどある。

けれど、口にはできなかった。声にしたら、不覚にも涙がこぼれそうだった。

「世話になったね」

「こちらこそ」

「おやすみ」

「おやすみなさい」

眠ろうとしても、せいはなかなか寝付けず、その晩遅くまで寝返りを繰り返した。

六

それからというもの、染はまた朝から出歩くようになった。昼には律儀《りちぎ》に戻ってきて、巳之吉たちを教える。

「おかげさまで子どもたちもなついているし、ずっと教えてもらえたらと思っていたんだけど」

「こればっかりは住む場所次第で。……巳之吉はひらがなは全部読み書きできるようになったし、お梅ちゃんの字の上達は目を見張るほど、鷹次郎も足し算、間違えなくなった。もう私が教えなくても大丈夫」

「いやいや、これからもお願いしたいんですよ」

イネは染に懇願しているが、色よい返事は返ってこなかった。

一方、徳一と茂吉は、こんこんと彦助にいい聞かせた。ついに彦助は心を決め、なんてん長屋の面々に助太刀を頼んだ。ひとりでは、くみに太刀打ちできる自信がない、と。

そして、彦助がくみを連れてとくとく亭にみんなが集まることになった。

徳一とたつ夫婦、茂吉とイネ夫婦に世話になったので、今度は彦助がお返しにとくとく亭でごちそうするという名目だった。

芝海老のかきあげ、たこの酢味噌和え、かぼちゃの煮つけ、釜揚げしらすの山《さん》椒《しょう》和え、いんげんの胡麻《ごま》よごし……が並ぶお膳を見て、くみは少し不満げにいう。

「私が作ってもよかったんですけど……だったらもっと珍しいものを並べられたのに」

「こういうものが、みんな好きなんですよ」

イネとたつがここぞとばかりうなずく。

そのとき、奥でいとと巳之吉の声が響いた。

「なんで？　もう一回いえばいいだけの話でしょ。巳之吉！　いいなさいよ」

「いやだ。ねえちゃんはおれのいうことを聞いてなかったんだから」

「だから聞くっていってるでしょ」

「いやだ。もう絶対にいわない！」

またたとつぶやき、せいはかつを見た。

「このごろ喧嘩、増えてますね」

かつが肩をすくめたとき、巳之吉のとがった声がした。

「ねえちゃんはおいらがもらい子だから、話を聞かないんだろ」

その瞬間だった。いとがばたばたと店に駆けこんできた。

「巳之吉がこんなばかだと思わなかった」

そのまま、いとは戸口を抜け、店の前の腰掛に座り、両手で顔をおおった。

せいは、店の奥の茶の間に駆けこんだ。そこで巳之吉は立ちすくんでいた。

「巳之吉、おいとちゃんに謝らないと。おいとちゃん、巳之吉をもらい子だなんて思ってないよ。ほんとの家族だと思っているよ」

せいは巳之吉の手をとった。

「……だって、ねえちゃん、おれのいうこと、何も聞いてなかった」

「そういうことだってあるよ。おいとちゃん、何か別のことしてたんじゃない？　何か考えていたとか」

「……絵草紙《えぞうし》を読んでた」

「だったら聞こえなかったりするよ」

「……聞いてないんじゃなくて、聞こえなかったの？　本当に？」

「そうだよ。おいとちゃんが巳之吉に意地悪なんかするはずないでしょ。おいとちゃん、あんなこといわれたのが悲しくて、泣いてるよ。……謝りに行こう」

巳之吉はうつむいたまま、こくりとうなずいた。

せいに手を握られ、戸口を出ていく巳之吉を彦助はじっと見ていた。

巳之吉はせいに促され、いとに頭を下げた。

「ごめん。……でもおれ、……ずっと話を聞いてもらえなかったから、やっぱりそうなんだって……」

巳之吉の目からぽろぽろ涙が零《こぼ》れ落ちた。

「ずっと聞いてもらえなかったって……さがみでのこと？」

「誰もおれの話なんか聞いてくれなかった。しゃべればだまれっていわれた。うるさいからあっちに行けって。父ちゃんも母ちゃんも、ねえちゃんも優しいのに、ときどき心配になるんだ。また捨てられるんじゃないかって」

いとは巳之吉を抱きしめた。

「これからもねえちゃん、別の何かに夢中になってたら、巳之吉の声が聞こえなかったりするかもしれない。でもね、巳之吉を嫌いになったりしないよ。だから、もらい子だからだなんて、いわないで。巳之吉も、もっともっと私や父ちゃんや母ちゃんのこと好きになって。こういう風にしてほしいとか、安心していっていいからね。家族なんだから」

巳之吉といとは手をつないで、奥に戻っていった。

洟をすすりあげる音が間近に聞こえ、振り向くと、彦助が目頭を押さえていた。

やがて彦助は静かに切り出した。

「おくみ、毎日の食べ物は当たり前の、手をぬいたおかずで頼みたい。切るだけでいい、焼くだけでいい。なんなら買ってきた惣菜だけでもいい。そんな簡単なものがおいらの口に合うんだ」

「私の料理を食べたくないの？」

案の定、くみは硬い声でいう。彦助は引かなかった。

「おくみが作ったものなら、なんでも食べたい。うまいうまいと食べたい。けど、無理なものは無理なんだ。見ろよ。こんなにやせちまった。このごろじゃ、朝、起き上がるとき、ふらふらする。働いていても、足腰がしゃんとしないこともある。このままでは遠からず、おいらは倒れちまう。おくみのことを守ってやれなくなる」

「もしかして、ずっと前から、そう思っていた？」

彦助はくみの目を見て、うんとうなずいた。

「でもいえなかった。おくみを失いたくなかったから。おくみが怒って、おれを捨てるんじゃないかって怖くて」

「……そんな……夫婦なのに」

「おれ、これまで家族を持ったことがなかったから。家族というものがまぶし過ぎて、壊れるのが怖くて」

「……ばか」

くみは彦助の頭を小さな拳でこつんと叩いた。

七

湯屋帰りのせいがくみと団子屋の前でばったり会ったのは、その二日後のことだった。

「ここの団子、美味しいんですよ。元菓子屋の女中が太鼓判をおすんですから、間違いありません。よかったら食べていきません？」

せいが誘うと、くみはふっと笑った。

「いいですね」

みたらし団子とあんこがたっぷりのった団子をふたりして注文し、赤い毛氈《もうせん》が敷かれた長床几に並んで座った。くみは籠《かご》を携《たずさ》えていた。

「お買い物ですか」

「野菜やらなんやらは棒手ふりから買うのがいちばんですけど、美味しい水菓子を食べたくなって、足を延ばして奮発してきました」

籠には黄みがかった甜瓜《まくわうり》が入っていた。

「おせいさん、ひとつ、お持ちくださいな」

「あら、せっかく買ってきたのに、悪いわ」

「いいの。いろいろお世話になってしまったから。……私の料理のことで」

彦助の体を心配して、くみの料理をなんとかしなければとみなが奔走していたのを承知していたようないい方だった。

「今日のおかずは何にするんですか?」

「かぼちゃの煮つけと、冷ややっこ、しらすと小松菜の和え物かな」

彦助が喜んで食べる様が目に浮かぶようだ。

「彦助さん、早く帰ってきますね」

「……悪いことしてるって、私、わかってたんです。でも、あの料理を始めてしまったから、もう後には引けない気がして」

団子を食べ終えると、くみはお茶をひと口飲んで、話し出した。

くみがめちゃくちゃな料理を始めたのは、彦助と一緒になる直前からだという。

当時、長女のみさと板前が恋仲になり、家がもめていた。

みさは父親の前妻の子だった。前妻はみさが三歳のときに亡くなり、くみの母が後妻に入り、くみが生まれた。姉妹は仲が良かったが、くみの母は、宮本を実子のくみに継いでもらいたいと思っていた。

「腕に覚えのある板前と長女が恋仲だなんて、料理屋にとっちゃ、渡りに舟でしょう。私は私で、彦助さんと一緒になって家を出るつもりだったし。でも、おっかさんがひとりぐずぐずいって、姉さんになにかと難癖《なんくせ》つけて、家の中がおかしくなりかけたの。それで、それで……」

それで、くみはああした料理を作り始めたのだといった。

「あんな料理を作る女将じゃ、料理屋の看板は張れないものね」

だが、作っているうちに、だんだんおもしろくなってしまった。味噌汁にあんことという組み合わせだって、まっさらな気持ちで味わえば、案外美味しい。生煮えのきゅうりのぬるぬるも、きゅうりだと思わなければ、食感が新鮮だ。

「自分がおかしなことをやっているとはわかっていたし、彦助さんがげんなりしているのにも気付いてました。だから、彦助さんがやめてくれと頼んだり怒ったりしたら、それがやめどきだとも思ってたんです」

　ところが、彦助は一度だけ、文句らしいことを口にしただけだった。

「好き合って一緒になったのに、彦助さんはいつまでたっても、他人行儀で。あれだけやせても、私を責めたりしない。これで自分たちは夫婦って呼べるのかって、私、だんだん意固地《いこじ》になってきて、これならどうだ、こんな料理食べられるかって、どんどんおかしなものを作るようになって、ひっこみがつかなくなってしまって」

　だが、この間、とくとく亭で、彦助がついに料理をやめてくれといった。家族というものをこれまで持ったことがなかったから、くみを失うのが怖くて本当のことがいえなかったとも告白した。

「家に帰ってから、私も打ち明けました。宮本を姉さんに譲るために始めた料理だったけど、彦助さんを試すようなことになり、どうしていいかわからなくなっていたと」

　ふたり、その夜は手に手をとって、おいおい泣いたという。

「じゃあ、それからはおふたり」

「ええ。彦助さん、よく食べてくれるようになりました」

これでめでたしめでたしと思ったのだが――。

朝、イネとたつは井戸端で、真剣な表情で考え込んでいた。

前日の夜、イネ夫婦とたつ夫婦は、彦助とくみに食事に招かれていったはずだった。せいはふたりに声をかけた。

「どうでした、お料理は。美味しかった?」

「甜瓜はね」

「あんなに甘くてみずみずしいのは、はじめて食べたよ」

以前、くみにもらった甜瓜も極上だったことを、せいは思い出した。

――料理屋の娘ですから、水菓子を見分けることにかけては自信がありますの。

くみはそういって胸をはっていた。

「他はどんなお料理だったんです?」

太刀魚《たちうお》の塩焼き、白滝の辛味炒め、冷やしおでん、豆腐の味噌汁、白飯。

「ごちそうですねえ」

その上、馴染みのあるものばかりだ。せいは、ほっと胸をなでおろした。

「まあ、そうなんだけどね」

どうにもイネとたつの歯切れが悪い。

「それほどでもなかったの？　お味」

せいがそういうと、ふたり、即座に大きくうなずいた。

「太刀魚の塩焼きは、塩がちょっと甘くて、少し生焼けだったのをのぞけばまあ食べられたんだけど」

「白滝の辛味炒めは、辛過ぎて」

「白滝が真っ赤になるほど唐辛子入れているんだもの」

「冷やしおでんは？」

「おくみさん、おでんにも唐辛子入れてたよね。それを見てさ、私、おくみさんがお汁粉に山盛り唐辛子を入れてたことを思い出してさ」

ああ、そんなことがあったとせいも思い出した。くみがわざと変な料理をしていたのは事実だけれど、その素養がないわけではなかったのだ。

「いちばんすさまじかったのは味噌汁だよね」

味噌汁はできたてが美味しいというので、くみはふたりの目の前で味噌汁を作ったらしい。

味噌を加え、味見をし、「ちょっとしょっぱい」といい、砂糖を加え、「ちょっと甘い」と塩を加え、さらに「辛くなってきた」からとみりんを足し……様々な味がする、味噌汁と呼んでいいのかわからぬ濃い味噌の汁ものができたという。

「甘ければ味噌を、辛ければ水を足す。それでいいのに、あれよあれよというまに、いろんなものを足して」

「でもそれを彦助さんがうまいうまいってありがたがって食べてるのよ」

「うちの亭主らは箸が全然すすまなかったけどね」

「飯ももりもり食べて、彦助さん、ひとりがご満悦」

もはや苦笑するしかない。

そこに染の笑い声も加わった。振り向くと、染が長屋から出て、戸口の前に立っていた。

「ふたりがよければそれでよし。どうやら、おくみさんと彦助さんは、同じ舌を持っているんじゃないかい？　貧乏舌を」

「貧乏舌？」

「ちょっとまずいものでも、ほどほどにうまいと感じるのを貧乏舌というんだ。彦助さんとおくみさんは貧乏舌仲間だよ、きっと」

「とすると、ふたりはいい組み合わせだったんですね」

四人は顔を見合わせてうなずきあう。

「おかみさん、今日もお出かけですか?」

「ええ。ちょっと出かけてきます」

初はあれから訪ねて来ない。

せいは、染との話を思い出した。

——お初さんのお近くに移られるんですか。

——お初はそういってくれたけど、それもねえ。

——お孫さんもいらっしゃるし、向こうの方がにぎやかでよろしいんじゃないですか。

——嫁の実家が没落して、母親が近くの長屋に住んでいるなんて、通りが悪いからと、仕舞屋を借りれば、かかりがかさんでしまう。今は私の金でなんとか工面できても、いずれはお初の家の世話になるかもしれない。だいたい体裁を保つために、無理して大きな家に住むなんてばかばかしい気もするし。

そういって、染はうっすらと笑い、言い添えた。

——狭くていい。静かに余生を送れるところがいちばん。こんな長屋が他にあったらいいのに。なんてん長屋、おせいを待っていてくれたんじゃないかい? いい長屋だよ。
もうすぐせいも一人暮らしになる。
寂しいかもしれないけれど、それが本来の姿だ。
朝晩には涼しい風が吹き、日が少しずつ短くなっていた。

第四章　別れの時

一

なんのかんのといっても、染は初の嫁ぎ先の近くに越すのではないかと思ったが案に反して、染はこの近隣の長屋を物色していた。引き続き、巳之吉や梅、鷹次郎を教え続けるつもりらしい。

その晩、絵師の道之助と浪人の沢渡伊三郎が連れだって、とくとく亭にやって来た。

「いらっしゃいませ。奥の小上がりがあいてます。どうぞどうぞ」

このふたりが飲みに来るのは久しぶりだ。道之助は女の家に居続けが多く、伊三郎は仕事に追われているか、素寒貧《すかんぴん》かのどちらかで酒どころではなかった。けれどふたりそろえば楽しい酒になる。絵師と侍、女ったらしと堅物と、ふたりの持ち味は真逆なのに至極《しごく》相性がいい。

「おせいさん、こいつ、ちょっと変わったと思わねえか。少しばかりいい男になっただろ」

道之助が伊三郎を指さして、くすっと笑った。

伊三郎といえば、継ぎのあたった着物と袴《はかま》に無精《ぶしよう》ひげ、月代《さかやき》はぼさぼさと、絵にかいたような浪人姿である。

けれど、この日はひげはきれいにあたっていて、ほつれ毛もない。よれよれの着物ではなく、糊《のり》がかかったものをすっきりと身に着けている。顔色もつやつやとして、薄汚さが消えた分だけ、もともとの誠実さが表に出て、感じがよかった。

「どうしたんですか。釜焚《かまた》きをやめて、金回りのいい仕事についたとか」

酌《しやく》をしながらせいが聞く。

「あいかわらず釜焚きをやってるよ。な」

伊三郎に代わって道之助が答えた。

「実はこいつ、おかよさんと、ちょっといい仲のようでな」

聞き捨てならないと、せいは伊三郎を見上げた。

かよは隣町の越後湯の娘で、二十六の出戻りだ。いるかいないかわからないような、ぼんやりした印象の女だった。

越後湯を応援しようという近所の人たちが連日、越後湯に押し掛けているが、二階の茶飲みどころにいる茶汲女がかよなので、もうひとつ盛り上がらないと口さがない連中はいっている。

そのかよと、伊三郎がいい仲？

伊三郎が頭をがりがりとかいた。

「それがしはそんな……」

頬がわずかに赤くなっている。

「おかよさんもこのごろ、あか抜けたぜ」

「へえ〜、伊三郎さんもやるもんだねえ。男はそうでなくちゃ」

お通しを持ってきたかつが話に割り込み、うふふと笑った。

「ですから、そういうことでは……」

ああ、また先を越されてしまったと、せいは小さくため息をついた。

もっとも恋も所帯を持つことも、人との勝負ではない。それに、人生、次に何が起こるかわからない。出戻りのあのかよが伊三郎と、という話だってその好例みたいなものではないか。

それでも人の恋路がうまくいっていると聞くと、なんとなく胸がざわざわしてしまう。伊三郎のことなど、せいはなんとも思ってないのに。もしかして、また自分一人が置き去りになってしまうかもと焦ってしまうのだ。

そのときだった。

「あ、春次郎《はるじろう》、こっちこっち」

道之助は、店に入ってきた男に手をふった。道之助と同年配くらいだろうか。すっきりとした目鼻立ちのお店者《たなもの》だった。

「店、すぐにわかったか?」

「ああ。このあたりの土地勘はあるんだよ」

男は歯切れよく、道之助にいった。

「そういや、昔、このあたりに住んでいたっていってたな」

「奉公するまでは、この坂を下ってすぐの長屋に住んでた。いってみればここはかつての私の遊び場でさぁ」

せいの胸が高鳴り始めた。せいは、この男を知っていた。

昔、この坂を下りきったところにある白梅《しらうめ》長屋に住んでいた男だ。いや、ひとつ年下の男の子だった。

同じ手習い所に通っていた。今の巳之吉や梅の年ごろの話だ。

「お酒もう一本と、お猪口《ちょこ》、持ってきて」

「はい、ただいま」

「今日の肴《さかな》は？」

「枝豆、いかと大根の煮物、芝海老《しばえび》の素揚げが本日のおすすめですが」

春次郎がせいの顔を見上げて、ふっとほほ笑む。まつげが長い。せいの胸がまたとくんと跳ね上がった。

「どれもうまそうだな」

「はい。美味《おい》しいですよ」

「三つ、全部もらうよ」

「かしこまりました」

春次郎の父親は鳶《とび》で、上に三つ違いの兄さんがいた。兄さんとふたりで、町人には珍しく剣術道場に通っていた。かけっこも速かった。面倒見もよくて、春次郎きょうだいは、手習い所の人気者だった。

兄さんは父と同じく鳶に弟子入りしたので、春次郎も鳶になるものだとばかり思っていたのだが、十二で本町《ほんちょう》の呉服屋『結城《ゆうき》』に奉公した。

よ。

——あの器量なら、鳶より呉服屋の方がいいね。きっといずれは番頭さんになる
母のゆうがそういったのをせいは覚えている。呉服屋で扱うのは大店の女房や旗本の奥さまが好む高価な絹物。奉公人は、見目《みめ》のいい男が好まれた。

「で、仕事はどうだ？」

道之助は親しげに春次郎に話しかける。

「まあまあだな」

「おまえのまあまあは、順調ということだろ。こいつは見た目と違って、手堅い男でな。女子《おなご》に騒がれても、まあ見事にいなす」

「そういうことは、奉公人には無縁でな、道之助がうらやましいよ」

「絵師など水商売。明日どうなるかわからん。だったら楽しい思いをした方がいいと、生きてるまでよ。まあ、所帯を持つなら、伊三郎さんのような人がいちばんだ。女房一筋になりそうだもんな。そう思わないか、おせいさん」

そのときだった。春次郎が猪口をおき、せいを見あげた。

「おせいさん？　……違ったらごめんなさいよ。もしかして、なんてん長屋に住んでいたおせいちゃん、じゃないかい？」

せいの心の臓が口から飛び出しそうになった。

せいのことなど、春次郎は忘れているだろうと思っていた。だから、こちらからは声をかけまいと思っていた。

まさか、春次郎がせいを覚えていてくれたとは。

せいは目をいっぱいに開いて、春次郎を見た。

「お久しぶりです」

「やっぱりそうか。店に入ってきたときから、そんな気がしていたんだよ。横顔におもかげがあってさ」

思わず、せいは頰に手をあてた。

「何年ぶりだ？　……元気そうだね」

「春次郎さん、立派になられて」

あっけにとられている道之助と伊三郎以上に、せいはことのなりゆきに驚いていた。

正直言えば、春次郎はせいにとって、気になる男の子だった。

春次郎はときどき筆やらなんやらを忘れてくることがあった。

——筆を借りるぜ。

忘れれば決まって、返事も待たずに、せいのものを取っていってしまう。

――おせいちゃんが貸すっていってないのに、勝手に持っていって、春さん、ひど～い。

憤慨《ふんがい》している女の子たちの手前、せいもふくれっ面《つら》をしてみせたりもしたけど、ほんとはちょっと嬉しかった。春次郎が手を出すのは、せいのものだけだったから。

淡い、砂糖水のような、思い出だ。

道之助と春次郎は行きつけの髪結いで一緒になったのが縁で親しくなり、ときおり伊三郎もまじえて飲んでいるらしかった。

「また寄らしてもらうよ。おせいちゃん、会えてよかった」

帰り際、春次郎はせいに手をふった。

気になる人がいると、それだけで毎日張りが出る。それから、せいは春次郎がとくとく亭に来るのを心待ちにするようになった。といって、付き合おうという気はさらさらなかった。

春次郎は中堅の手代である。

お店者は、小僧として奉公をはじめ、早ければ十七、八ぐらいで手代に昇進する。手代になれば、羽織の着用や、酒、煙草《たばこ》などが許された。そして手代として十数年まじめに勤め上げ、優秀だと認められれば、奉公人として最高の職位・番頭になることができる。

番頭になるのは、早い人で三十ころ、たいていは三十代後半だ。

自分の家を持つことが許されるのは、番頭になった後だった。番頭になるまではいかに敏腕であっても、店に住み込みであり、結婚は許されない。

つまり、春次郎はせいが所帯を持てるような相手ではなかった。

それでも、五日か六日に一度やって来るようになった春次郎と目が合うだけで、せいの気持ちは華やいだ。

せいを見る春次郎の目がいたずらっぽかった。目じりに浮かぶ皺《しわ》が優しげだった。

二

八月十五日は月見の日で、せいが昼のまかないを食べ終えて長屋に戻ると、すすきが飾られていた。丈の高い花瓶にすすきと竜胆《りんどう》が品よく活《い》けられている。

その花瓶に見覚えがあった。昨年の俵屋の月見飾りにも使ったものだった。長屋に、染は気に入りの花瓶も持ち込んでいたのだ。

菓子屋というものは、年中行事と密接にかかわっている。

一月正月の花びら餅、二月の豆餅、三月の雛《ひな》祭りの雛あられと桜餅、五月の柏《かしわ》餅、七月の盆菓子と土用餅、八月の月見団子、十月の亥《い》の子餅、十一月は七五三の祝い菓子……。

花なら、一月は万年青《おもと》や水仙、二月は菜の花や梅、三月はぼけや南天というように、店頭と座敷の床の間に、形よく活けたものを常に飾っていた。

――すすきは水揚げが悪いから、茎《くき》の端を、少しの間、お酢につけてから活けるようにね。

染は何事もよく呑《の》み込んでいて、俵屋の知恵袋であった。

祖母と両親、弟と妹の家族六人で葭町の九尺長屋に住んでいたという染が、俵屋になくてはならない存在になるまで、覚えることは山ほどあったはずだ。失敗したりつまずいたりしたこともあっただろう。だが、苦労の残り香のようなものさえ、染は感じさせなかった。

湯屋の女たちの間でも月見の話でもちきりだった。

「今ごろ、隅田川や鉄砲洲《てっぽうず》、不忍池には、月見の小舟がいっぱい繰り出してるね。舟を浮かべての月見、いいなぁ」

「空の月と水面《みなも》に映る月。二つの月見かあ、乙に素敵だねえ。いつか、誰か誘ってくれないかしら」

「舟に乗らなくても、橋の上から見れば、空と川に映る月が見えるよ」

「それで我慢するしかないか」

「そんな言い方して。お月様がすねて雲に隠れちまうよ」

「やっぱりあたいは舟に乗って見たいなぁ。いい男と」

月見の舟など縁がなさそうな女たちの話を聞きながら、せいはまた俵屋の月見を思い出した。

昨年は染と番頭と松太郎が深川洲崎《ふかがわすざき》に舟をしたてて、ご贔屓《ひいき》を接待した。

染たちを送り出した後、せいは女中仲間と井戸端の腰掛に座り、団扇《うちわ》をつかいながら、舟で見る月はどんなものだろうと、月を見あげた。

月はひとつであり、どこで見る月も一緒であるはずだが、見る場所、共に見る人によって、より明るく見えたり、寂しげに見えたりする。

今日、長屋ですすきを飾りながら、染は何を思ったのだろう。染もまた、昨年の月見舟を思い出していただろうか。

湯屋から帰り、手拭いを絞って物干しに干そうと広げたときに、せいは黒い人影に気が付いた。振り向いたせいは、自分が見たものがすぐには信じられなかった。思わず二度見した。

「おせい、久しぶり。元気そうでよかった」

松太郎だった。俵屋から出奔《しゅっぽん》した、俵屋の跡取り、染の長男である。

松太郎は藍《あい》の単衣《ひとえ》を着て、少し背中を丸めて立っていた。手には小さな風呂敷包みを持っている。

「今までどこに……。おかみさん、おかみさん！　松太郎さんが！」

せいは大声で、染を呼んだ。染は戸口から裸足《はだし》で転がり出てきて、松太郎にしがみついた。

「松太郎、ほんとに松太郎かい？　どこに行ってたんだよ。心配させて。元気なんだね。顔をよく見せておくれ」

「おっかさんも元気でよかった……心配かけてしまって」

染と松太郎の目が潤んでいる。

「どうぞ、若旦那さんあがってください」

「ここ、おせいの長屋なんだろ」

「狭いところですけど」

「いいのかい？」

「いいも悪いも、待ってたんですよ。おかみさんはずっと、この日を。……急に姿を消して……おかみさんがどれだけ心配したと思うんですか。ちゃんとおかみさんに謝ってください」

「おっかさん、すまなかった」

染は口元を手でおおって、何度もうなずいている。

「思う存分、親子で積もる話をなさってください」

「おせいは？」

松太郎が尋ねる。

「私はこれから仕事で」

「おせいはそこの一膳飯屋《いちぜんめしや》のお運びをしているんだ」

染がいい添えた。

「よかったら、ご飯を食べにいらしてください。私、ごちそうしますから」

しゅんと鼻をならして、せいはいった。知らぬ間にもらい泣きをしていた。

松太郎は少しやせたようだった。

月見の晩は家で過ごす男たちが多いからだろうか、とくとく亭は珍しく閑散としていた。これなら、松太郎と染にゆっくりしてもらえると思ったが、ふたりは姿を現さなかった。

暇なので、早じまいにしようかと、かつと岩太郎が話しているときに、伊三郎と道之助、茂吉と徳一が連れだって入ってきた。茂吉と徳一は家で月見団子まで食べてきたので、酒だけあればいいという。

「伊三郎さんも、月見団子、食ったかい?」

徳一が身を乗り出した。茂吉が腕を組み、にやにやと笑っている。

「はあ」

「越後湯で」

「まあ」

ちろりをとり、道之助が伊三郎に酌をした。

「団子を食ってないのは、おれだけか」

道之助がすねたように言う。

「女のところには、山と用意してあるんじゃないの？」

「知らん」

「越後湯にはすっかり客が戻ってきたというし、いいことずくめだな。羨《うらや》ましいぞ、伊三郎さん」

茂吉はうひひと笑い、なみなみと酒をついだ猪口を口元に運んだ。

伊三郎とかよのことは長屋でも噂《うわさ》になりかけており、茂吉と徳一はそれを肴にして酒を飲もうという魂胆らしかった。なにかといっては飲まずにいられない長屋の連中にとって、伊三郎の件は格好の酒の肴なのだ。

だが、伊三郎は相変わらず、煮え切らない態度だ。困ったような表情でしきりに頭をかいている。

「もうちっと嬉しそうな顔をしろよ」

徳一がじれたように伊三郎にいった。

「いや、そもそもそれがしとおかよさんの件は誤解でござる」

「伊三郎さん、正直になりな。で、なにかい？　もう手を握ったりしたのかい」

茂吉も伊三郎を煽《あお》り立てる。

「なにもござらぬといっておるではないですか」

「いいんだって、なにかあったって」

「それともおかよさんともう喧嘩《けんか》しちまったかい？　喧嘩するほど仲がいいというからな」

「茂吉さんとこがそうだもんな。おイネさんとの口喧嘩は挨拶《あいさつ》みてえなもんだ」

徳一が茶々を入れると、茂吉は目をむいた。

「いや、うちは挨拶なんて生易《なまやさ》しいもんじゃねえや。おイネはいつだって本気でかかってきやがる。今じゃ、家に帰るとすぐにおイネの顔色をうかがうのがおいらの習《なら》い性《しょう》になっちまった」

「うかがう？」

「ああ……おイネの機嫌がいいか悪いか、わかっていねえと面倒なことになっちまう。機嫌が悪そうなら、おイネの気にさわらねえように、何かと気を付ける。大声を出さないとか、おイネの虎の尾を踏んで、火の粉をあびねえようにする。けど、おイネはあちこちに落とし穴を掘っていて、こっちを突き落とそうとするから、うかうかできねえ」

「長屋のどこに落とし穴を掘ってんだ？」

「ものの例えだよ。自分の長屋に穴を掘るわけねえだろうが。四畳半に五人で住んでるのに、穴を掘ったりしたら、穴の中で暮らさねえと間に合わねえ。……とにかく徳一も気を付けろ。いずれおたつさんもそうなるぜ」

「明日が来るのが怖くなるな」

「危うきこと累卵《るいらん》の如《ごと》し、でござるな」

伊三郎が腕を組んだ。徳一がきょとんとした。

「なに？　累卵って？」

「累卵とは積み重ねた卵、いつ崩れるかわからない、きわめて危険な状態という意味でござる」

「やっぱ学のある人はいうことが違うな。ってなんの話だった？」

「おかよさんのことだよ」

「ですから、おかよさんとは喧嘩するほどの間柄ではござらぬ」

伊三郎は憮然《ぶぜん》としていう。

「伊三郎さん、長屋の者といったら家族も同然。ここで話したことは誰にもいわねえ。安心してしゃべっていいんだよ」

「そうだそうだ」

誰彼かまわず、すぐにぺらぺら話すに決まっている徳一と茂吉が安請け合いをした。

「何か、踏み切れねえ理由があるのかい？」

ずっと黙っていた道之助がいった。

「踏み切るも何も……おかよさんは親切で、料理も上手で、好ましい女人《にょにん》でござる。だが、連れ添うとかそういうものではなく……」

「まさか、伊三郎さん、おかよさんが町人だからとか、出戻りだからとか、ご面相がそれほどでもねえからとか、気にしているんじゃあるまいな」

「え〜〜っ、おかよさんが出戻りで、顔がなにだからって？　伊三郎さん、殺生《せっしょう》な。伊三郎さんがそんな男だとは思わなかったぜ」

素《す》っ頓狂《とんきょう》な声でいう茂吉と徳一に、伊三郎はまじめな表情で首を横にふった。

「いやいや、そうではござらぬ。それがしには国に年老いた両親がおります」

「親？」

「親がどしたの？」

茂吉と徳一は顔を見合わせた。

「父はかつて藩の勘定方でありました。藩がお取り潰しになった今も、侍の矜持《きょうじ》を持ち、つましく暮らしております。幸い、近くには商家に嫁いだ姉がおり、なにくれとなく両親の面倒を見てくれておりますが、両親は私の仕官をあきらめておりませぬ」

「仕官……お大名に召し抱えられるってこと？　そりゃまた……」

言葉を濁した徳一に伊三郎はうなずく。

「万にひとつもない話ですよ。平穏な世の中、今ではどの藩も困窮し、新たに侍を抱える余裕など、どこにもありませぬ。ですが、仕官がかなわぬ限り、それがしは親との再会もかないませぬ」

「今どき、仕官が厳しいって、おとっつぁん、わかってねえのかい？」

「厳しかろうがなんだろうが、そういう生き方をやめられぬのでござる」

「自分がこだわるのはしかたねえけど、息子にまでそうしろってかぁ……」

「釜焚きや用心棒の仕事をしているって、知らせてねえのかい？」

伊三郎はゆっくり首を横にふった。

「内職に明け暮れているとだけは知らせておりますが。……江戸で暮らして三年、人に垣根などないと、肌身に沁《し》みてわかりました。しかしながら、侍暮らししか知らぬ両親には、到底納得できぬこと。江戸に住んでいるからといって、仕官もしていないそれがしが勝手に所帯を持つことは許されませぬ」

しんと場が静まり返った。最初に口を開いたのは徳一だった。

「お侍とは、めんどうなもんだねぇ」

「じゃ、何かい？　伊三郎さんは仕官するまで、独り者ってことかい？」

茂吉が小鼻の脇を指でかいた。

「もしかして……一生、女なし？」

「そりゃあんまりだなあ」

神妙な面持ちで、しずしずと徳一が伊三郎に酒を注いだ。

伊三郎は、後釜が決まり次第、釜焚きの仕事をやめるといった。女がいるところに長居は無用だといっているかのようだった。

その晩、松太郎と染は結局とくとく亭に来なかった。せいが帰ると、染はもう布団に入っていた。

「おかえり。疲れただろ」

「松太郎さんはお帰りになったんですか？」

「ああ。木戸が閉まる前に赤坂《あかさか》につかなくてはならないと、すぐ帰っていった」

「赤坂？　今、松太郎さん、赤坂にいらっしゃるんですか？」

「兄弟子の店で働かせてもらっているそうだよ。そこの月見団子、松太郎が作ったものだって。よかったらおあがり」

染が活けたすすきの横の三方に白く丸い団子が並んでいる。

「よくここがおわかりになりましたね」

「湯島のおせいの長屋で暮らしていると、あちこちに伝言を頼んでいたんだよ」

「伝言？　どなたに」

染は知り合いの菓子屋という菓子屋に足を運んだのだという。深川、日本橋《にほんばし》、八丁堀《はっちょうぼり》、浜町《はまちょう》……どこにも松太郎はいなかった。だが、中には自分の知り合いの菓子屋にも声をかけてみようといってくれる者もいた。

「半月ほど前まで、毎日、私、出かけていただろう」

よそ行きを着て、染が出かけていたことをせいは思い出した。

「松太郎を尋ね歩く気になったのは、おまえのおかげだったんだ」

――松太郎さん、お菓子作りを続けるつもりだと思います。俵屋の最中を、きっと。

せいがそういったのが胸にしみたと染は続ける。

「やっぱり……菓子作りを続けてらしたんですね」

「修業中に、かわいがってくれた兄弟子が赤坂の日枝神社の近くで店を開いていてね。声をかけてくれたらしい。……おまえも松太郎を親身になって慰めてくれたってね。ありがたかったって、いってたよ」

せいは、松太郎と最後に話したときのことを思い出した。

松太郎は気丈にふるまっていたが、染が初に連れられて家を出た途端、呆《ほう》けたように縁側にぽとんと腰をおろした。

——終わりだ。何もかも、失っちまった。私のせいだ。もう残されているものなど、なにもない。

——なにもないだなんて……丈夫な体、若旦那さんを大事に思っているおかみさん、何より菓子を作る腕も、若さも、みんなお持ちじゃありませんか。

肩を落としている松太郎がかわいそうで、励ましの言葉がせいの口をついて出た。

——腕があったところで店もないのに。

——腕があれば、その腕をいかしてほしいという人がいますよ、きっと。

——そういわれても、先なんか見えない。真っ暗だ。

松太郎は頭を抱えて、わずかに震えていた。なおざりの言葉をかけても、松太郎の心には響かない。せいは必死に頭をめぐらした。松太郎を元気づけることができる言葉を探した。

やがて、せいは口を開いた。

――先が見えなくなったときは、今だけを生きる……私のおっかさんがね、そういってました。

――えっ？

――おっかさんは王子《おうじ》の出で、寝たきりだった祖父母の世話を子どものころから、二十六までずっとしてたんです。同じ年頃の女の子たちがきれいに着飾っているのに、自分は下《しも》の世話に追われて。いろんな思いもして。

――苦労したんだね。

――苦しくて、悲しくて、みじめで。もうやっていられないと思ったときに、おっかさん、考えるのをやめたって、いいました。これまでのことも振り返らない。いちいち反省して、自分のことを責めるのもやめたって。

――考えるのをやめるなんて、そんなことできるのか。

――今、やらなくちゃならないことだけを一心にやった、って。そうして、目の前にある今だけを積み上げていくと、いつか、先が見える日が来るって、おっかさん、いってました。

松太郎は黙って考え込んでいた。それから、顔をあげ、空を見上げ、「やってみるか」といったのだ。

「……目の前のことだけをやればいいっていうお前の言葉が自分を救ってくれたといっていたよ」

「松太郎さんの月見団子、いただきます」

せいはひとつ、月見団子をつまんだ。もちもちとした団子の中に、上品な甘さのなめらかなこし餡が入っていた。

「美味しい……おかみさん、俵屋のあんこの味がします。今年も、俵屋の月見団子を食べることができましたね」

染が洟《はな》をすすった。

「……おせい、恩に着ます」

雲から満月が出たのだろうか、煙抜きの穴から、月の光が一瞬、まぶしい帯になってさしこんだ。

せいは、父・良平が四十歳、母・ゆうが三十八歳のときに三番目の子として産まれた。

兄・利一《りいち》は十一歳上、姉のひさは八歳上である。ゆうはひさを産んだ後何度か身ごもったものの流れてしまい、もう子どもはできないと思っていたらしい。そこに、ぽこっと生まれたのがせいだった。

良平は腕のいい左官で、ゆうはお針の仕事をしていた。十二で千住から出てきて親方の下で修業した良平と、長く寝たきりだった祖父母の世話をし、二人を見送ったのちに江戸に出てきたゆうは、共に田舎育ちの苦労人だった。

――この子は早く親と別れなくてはならねえ。親がなくても、生きられるようにしないとな。

良平はことあるごとにそういっていた。

字や算術を覚えろ。挨拶の声が小さい。背中を丸めるな。年上に口答えするな。不満は顔に出すな。目立つことはするな。

慎重といえば聞こえがいいが、せいが人の出方を見てしまうのは、良平に厳しくしつけられたからだ。

良平は仕事中に梯子から落ちて大けがをおい、数日後に亡くなった。一人になったゆうは小石川に住んでいた利一の長屋に引き取られた。盆と正月にせいが顔を出すと、狭い長屋では落ち着かないだろうといって、ゆうは、蕎麦屋や甘味屋に連れ出してくれた。そんなとき、昔話をすることもあれば、松太郎に語った、つらい日々を乗り越える心構えなど、人生訓のようなものをゆうは話してもくれた。

――おせいの子どもが見たいもんだねえ。でも、焦ることはないよ。おせいは自分の好きなように生きればいい。この年になってようやくわかった。それがいちばんだって。おまえ、人のことを気にし過ぎないようにね。

最後のお盆休み、ゆうはせいにそういった。その年の冬、数日寝付いて、ゆうは旅立った。人のことを気にし過ぎない。自分の好きなように生きる。

そんなこと、自分にできるはずがないとせいは思っていた。

けれど、なんてん長屋に染と住むようになって、ちょっと自分が変わった気がした。

三

翌朝、井戸端で洗濯しながら、イネがせいにいった。

「ところで、昨日、お染さんのところに、息子さんが来てたね」

「背がすらっとしていて、腰の低い、いい男。あれがお染さんの息子とはびっくりした」

たつがふふっと笑った。

「ここを出たら、お染さん、息子さんと住むのかね」

「いいえ、松太郎さんは赤坂の菓子屋に住み込みで奉公しているんだそうで」

「店を失ったのは、その跡取りの不始末って聞いたけど」

洗濯物を絞り、たつが立ち上がる。

「ええ。知り合いにだまされてしまって」

「運が悪いね」

「悪い奴がいるんだよ。うちにはとられるものなんてないけど、富士太郎や鷹次郎がそんな目に遭ったらと思うと、胸がきゅうっと縮むよ。お染さんもどんだけつらかっただろうね」

イネが眉を寄せた。

「はじめは偉そうで、このばあさん、何様のつもりだろうって思ったけど」

たつは、ぱんぱんと肌襦袢《はだじゅばん》を広げて、物干しに袖《そで》を通していく。イネは濯《すす》ぎ終えた桶《おけ》の水をそっとどぶに流した。

「いい人だよ。威厳ってもんがあるだけで」

「そこが煙たいのよ。いざ、この長屋からいなくなると思うと、やっぱり寂しいけどさ」

染がいなくなれば、米を二人分炊かなくて済む。

家でも気を遣わず、のびのび暮らせる。

それがいちばんいいのだ。そういう暮らしだったはずなのだ。やっと、せいのひとり暮らしがはじまるのだ。

そう思ってはみても、いまひとつ、せいも意気があがらない。


その日の午後、せいは思わぬ人から声をかけられた。

「おせいちゃん、湯屋の帰りかい？」

春次郎だった。春次郎は風呂敷包みを背負っていた。ご贔屓の家を訪ねた帰りだという。湯島界隈には、絹物の着物を購入しそうな旗本屋敷も多かった。

春次郎は通りかかった心太《ところてん》売りを止めると、せいに笑いかけた。

「ちょっといいだろ？　心太、食わねえか。おいらは酢醤油。そっちは？」

「……じゃ、黒蜜」

巾着《きんちゃく》を取り出したせいを押しとどめ、春次郎は二人分の金をはらい、柳の下に並べてあった床几《しょうぎ》を指さした。

「さっぱりしてうめえや。月見も終わったのに、いつまでたっても暑いから」

心太は冷えていて美味しかった。

「来月の神田祭のころには秋風だ」

「私、ずっと本所にいたから祭りも久しぶりで」

「覚えてるかい？　おせいちゃん、大きくなったら、行列の踊り子か三味線《しゃみせん》ひきになるっていってただろ」

幼いせいは、附け祭を彩る華やかな娘たちに憧れていた。

そんなことを春次郎が覚えているとは思わなかった。

「きれいな着物を着て、楽しそうだったもの。踊りも三味線も習ってないから、そんなお役がまわってくるはずもないのに」

「子どもにはそんなこと、わかんねえよな」

ふたりは顔を見合わせて笑った。

「春次郎さんは、毎年、豆絞りを額に結んで、子ども神輿をかついでいたよね」

「ああ。だからお囃子《はやし》をきくと今でも、うずうずしてしまう。……祭りの日は休みかい？」

「ううん。祭り帰りの人たちが来るから、店を開けるの」

春次郎は小鼻を指でこする。

「そっか。残念だな。神輿宮入の日は、おいらは休みでね。そんな日に、反物の注文をしようってお客さんはさすがにいないから」

「お祭りを見に行くの？」

「うん」

「いいね。……そろそろ私、行かなくちゃ」

「ああ。また店に顔を出すよ」

「今日はごちそうさま」

「またな」

せいは中坂に戻りながら、春次郎がいった言葉を思い出していた。

——残念だな。

祭りの日、せいが店に出なくてはならないといったとき、春次郎はそうつぶやいた。せいとふたりで祭りに行きたかったといわんばかりに。

そして、春次郎は道之助たちと話すときは「私」といっていたのに、せいとふたりのときは「おいら」といった。手習い所に行っていたときのように。

もしかしたら春次郎はせいのことを、と思うのは気が逸《はや》り過ぎているだろうか。

二十歳《はたち》前の娘のように、わかりもしないことをあれこれ案じて悩んでもしかたがないと思いつつ、気持ちが揺れるのを、せいはどうしようもできなかった。

翌朝、朝ご飯をいつものように染とふたりで食べ終えると、染はせいに向きなおった。

「引っ越し先がようやく見つかったよ。湯島五丁目の立花《たちばな》長屋といって、古いが手入れの行き届いたところだよ」

「湯島五丁目……菊坂《きくざか》の手前あたりですか」

「そう」

「ちょっと遠いですね」

「遠くはないよ。ここから歩いてもそれほどじゃない」

「巳之吉たちのことは？」

「通ってきて、続けられるうちは続けるつもりだよ」

「おかみさん、ご飯、炊けるんですか？」

「何十年とやってないけど、こうなりゃやるしかないだろ」

「おかずはどうするんですか」

「なんとかしますよ」

引っ越しは今月末といった。行き先が決まれば、別れなどあっという間である。

四

春次郎はあいかわらず、五、六日おきに、とくとく亭に顔を見せる。早い時間に来て、一合半ばかり酒を飲み、遅くならないうちに腰をあげる。

「当初は道之助さんと来ていたのにこのごろはひとりでも。春次郎さん、おせいちゃんの幼《おさな》なじみだろ。本町からわざわざ来るなんて……それほどうちの酒と肴が気に入ってくれたのかね……まさか、おせいちゃんが目当《あ》てとか」

その日も、春次郎が来て、いつものように酒と和え物と枝豆を注文したところ、かつはこつんと肘をせいにぶつけた。

「いい人だと思うけど、お店者だからなあ。お似合いなのに……」

みなまで聞かなくても、かつのいいたいことはわかった。

お店者の春次郎が所帯を持てるのは、番頭になって、通い勤めが許されてからで、早くてあと五、六年はかかる。もしかしたら、ずっと手代のままかもしれない。そうしたら、所帯を持つことなど夢のまた夢。所帯を持てないのは、浪人の伊三郎だけではないのだ。

春次郎から親しげな口調で話しかけられれば、せいも悪い気はしない。人懐っこい笑顔を見れば、せいも笑顔を返してしまう。

だが、深入りは禁物だった。

それでも、手習い所からの間柄だ。こんな気安さを感じられる男は他にいなかった。春次郎もきっと同じようにせいのことを思っていて、だから通ってきてくれるのかもしれない。

その晩は祭りの話し合い帰りの近所の男たちが大勢とくとく亭に押し掛けた。こうなると、人の倍ほど太っているかつは動きまわることもできず、お運びはせいひとり、てんてこまいだった。

「おせいさん、お酒もう一本お願いします」

春次郎がいった。

「堪忍、遅くなって。この混みようだから」

せいがちろりを運び、春次郎に酌をしたときだった。春次郎がせいに顔を近づけた。

「しかたないさ。祭りも近いんだ。おせいさんがせっせと立ち働いているのを見ているのもいいもんだ。けど、張り切り過ぎて疲れないようにしなよ」

ささやかれたせいの耳は熱を帯び、胸は、ずきんずきんと音を立てた。

とんとおっこちきった胸の鼓動はなかなかおさまらなかった。

だが春次郎に思いをかけてなどいられない。

あと五年たったら、せいは三十になってしまう。持ち重りするような年齢だ。

三十も半ばを過ぎれば孫のいる女がごろごろしている世の中である。

そのうえ、番頭は年の若い娘をもらうというのが定説でもある。

長年つきあっていた女がいたとしても、そのときが来れば息子が母親から独り立ちするように飛び去り、番頭という新しい暮らしを彩るにふさわしい、若い女をそばに置く。失われた季節を取り戻そうとするかのように、自分よりぐんと若い女を選ぶのだ。

いずれにしても、もし春次郎とつきあいだしたら、宙ぶらりんの居心地の悪さ、先が見えない焦りとじれったさを、何年も何年も、せいは味わうことになってしまう。

その夜、布団に入って長いため息をついてしまったのは、そのためだった。

「眠れないのかい？」

「起こしちゃいましたか。すみません」

「忙しかったんだろ」

「お祭りの準備帰りの人たちが店に大勢でやって来て……看板まで」

「そりゃ、ご苦労さんだったね」

「……暇でお茶をひいているよりずっといいんですけどね。歩きっぱなしで足がぱんぱん」

「私を、ここに置いてくれてありがとうよ……おせいには、これまで迷惑をかけてしまったね」

「いいえ、迷惑だなんて。どうしたんですか、突然改まって」

「初の姑から松太郎のことをさんざんいわれて、なんとしてでも別の土地で暮らさなければと思ったものの、正直、頭を抱えていたんだよ。私には身内と呼べる親戚がいない。頼れる友だちもいない。みんなあの火事でいなくなったり、散り散りになってしまったからね。そのとき、ふとお前の顔が浮かんだんだ」

古参の女中だっていたのになぜ、染は自分の長屋を訪ねてきたのだろうと、せいもさんざん思い悩んできた。その理由が聞きたいとずっと思っていた。

「おまえは、口数が少なくおべんちゃらもいえない性分だから、女中の中でも特に目立つわけじゃなかった。でも仕事はきちんとやっていた。自分で工夫する娘だと私は、知っていたよ。……店がしまいになると決まり、奉公人が次々に辞めていって、おまえが最後のひとりになって。……やめそびれ、うっかり残ってしまったと、おまえはいっていたけど、私には他に理由があるような気がしてならなかった」

「いえ、そうなんですよ。ぼやっとしているもんですから」

「最後の晩、一緒に夕飯を食べただろ」

「ええ。はじめて座敷でご一緒させてもらいました」

本来なら、女中は家族とは別に、台所の板の間で食べるものだ。けれど、その日は最後だからと、染が一緒に食べようと、せいを座敷に呼んでくれた。

染と松太郎、せいでお膳を囲んだ。贅沢《ぜいたく》はできなかったが、せいは松太郎と染の好物の卵焼きをこしらえ、大根おろしをたっぷり添えた。松太郎が好きな里芋といかの煮物、染が好きなみょうがをたっぷりのせた冷ややっこ、台所に残っていた人参の切れ端や葱などを片っ端から細かく切って入れたけんちん汁を、お膳に並べた。

日中は日差しが強かったが、日が暮れると風が吹く。その風を感じながら、三人、静かに食べた。縁側にぶらさげていた風鈴がときおり、ちりんちりんと鳴っていた。

ずっと前のように思えるが、あれから二か月もたっていない。

「美味しかった。おまえの心づくしの料理だったよ。この娘は、私たちを慰めるために残ってくれたんだと思った」

そのときの情景がせいの脳裏によみがえった。せいにとっても、俵屋で過ごす最後の晩だった。

十五から十年間、過ごした。仕事をして生きることを教わった。

美味しいお菓子の甘いにおいに包まれて暮らした。

気のいい人もいれば、そうでない人もいた。何気ない会話をかわし、笑いあった。小さな意地悪にむかっ腹をたてたこともあった。

女将として奉公人に分け隔てなく接してくれた染が好きだった。夢中で菓子作りをしている若旦那の松太郎が頼もしかった。

そのすべてが突然失われ、大切なふたりが気落ちしていることが、せいは心底、悔しかったのだ。せいにできることなどないに等しい。でもせめてふたりが俵屋を去るその日まで一緒にいて、世話をさせてもらいたいと思っていたような気がした。

「私は、新しい暮らしをはじめたおせいにとっては迷惑に違いない。でも、おせいだったら、私をそのまま受け入れてくれるんじゃないか。しばらくの間、おいてくれるんじゃないか。……そう思って、突然、押し掛けてしまったんだ」

「……そうだったんですか」

「思った通り、おまえは、私を追い返しはしなかったね。どんなに嬉しかったか。……少しは役に立ちたいと思っていたんだよ。昔は長屋暮らしだったんだから。自分にできることをして、自分の居場所を作らなければとも思っていたんだ。でも、おまえにすっかり甘えてしまって……すまなかったね」

「すまないだなんて」

「ちょっとの間、一緒に暮らしただけなのに、なんだか本当の娘のような気がして。おせいには幸せになってほしいと心底思っている」

「……おかみさん」

せいの胸が熱くなった。染と話しているこの瞬間がいとおしかった。

五

そして明日は染の引っ越しという晩となった。

岩太郎に頼んで早帰りしたせいは、木戸を通るなり、びっくりして立ちすくんだ。

イネ夫婦と子どもたち、たつ夫婦、道之助、伊三郎が勢ぞろいして、井戸端で、染を取り囲んでいた。長床几にはおにぎりや漬物が並んでいる。男たちは筵《むしろ》の上で車座になって酒を飲みかわしている。長屋の連中が、染のお別れ会を開いていた。

「道之助さんも女のところから駆け付けてくれたんだよ」

イネがそういうと、道之助が軽く会釈をして頭をかいた。

「しかし、なんだな。来たと思ったら出ていく。あわただしいったらありゃしねえや」

口をとがらせた茂吉の背中をイネがはたく。

「なんていいかたするんだよ。うちの子どもたちの勉強、見てもらってんのに。人にはそれぞれ事情ってもんがあるんだ。長屋なんだから出入り自由。うちみたいに長々と根っこをおろす方が珍しいんだよ。なのに、あんたったら。……ほんとすみませんね」

「いえいえ。あわただしいのは本当ですから。……でも、なんてん長屋に寄せてもらって本当にありがたかった。ずいぶん、気持ちが慰められました」

染がほほ笑みながらいった。

「お染さんも、昔は長屋住まいだったんだよね」

たつは徳一に酌をしながらいう。

例によってたつは徳一にべったりもたれかかっている。引っ越してきた当初、染はたつに、人前で男にひっつくのはやめるようにと、説教したこともあったが、右から左の耳に流された上、逆襲された。

たつと徳一は相変わらずだが、染は今ではそれをあげつらうこともない。染にも思うところはあるだろうが、たつ夫婦に説教したところでしょうがないとあきらめたのか。わだかまりは残っていないように見える。

「ええ。生まれてから俵屋に行くまでずっと、葭町の長屋に住んでましたから」

「こんな長屋だったかい？」

するめをしゃぶりながら、茂吉が聞いた。

「同じ棟割長屋でしたよ。でもこちらの方がずっといい。向こうは陽当たり、風通しもすこぶる悪くて、『げじげじ長屋』なんて呼ばれてたんですから」

「そりゃ、ひでえや。げじげじはなぁ、足がいっぱいでさわさわいって、嚙むからこええよ」

イネが茂吉のひじをつっつく。

「嚙むのはむかで。げじげじは嚙まないよ」

「さすがにむかでは滅多に出ませんでしたよ。貧乏暮らしでね。おとっつぁん、腕はいいんだけど、愛想がなかったから」

染がふっと肩をすくめる。

「長屋の者同士、仲はよかったのかい？」

道之助が茂吉の猪口に酒を注ぎながらいった。

「そうですね。同い年くらいの子どもたちがいっぱいいて、遊び相手にはことかきませんでした」

物知りなご隠居、世話好きのおかみさん、うっかりもののやもめ、派手な喧嘩をする夫婦がいたと、染は続けた。

「火事で、長屋の人はみんな亡くなってしまって。私、ひとりだけ生き残ってしまったものだから、これまで親や長屋の話をしたことがなかったんですよ。自分が平気でいる自信がなくて……」

「これまでって、三十年も……」

イネがそういって絶句した。染がうなずく。

「そりゃ、つらかったね」

「よく今までがんばったね」

「あっという間のような気もするし、ずいぶん長かったようにも思えて。不思議なものですね。……今、長屋に住んでいるからなのか、このごろ葭町の長屋のことやおっかさんのことをよく思い出すんですよ」

茂吉と徳一が染の顔を覗きこんだ。茂吉は、心配げにいう。

「お染さん……どっか具合が悪いんじゃないよな、死んだおっかさんのことを思い出すなんてよ」

「うへぇ。おっかさんがお染さんを迎えに来てるって？　あの世から？」

徳一がそういって自分の額をぴしゃりと打つ。

即座にイネとたつがそれぞれの亭主をにらんだ。

「まったくこのふたりったら、縁起でもないことを」

たつとイネに頭ごなしに叱《しか》られた茂吉と徳一に、伊三郎が「まあまあ」ととりなすように酒を注ぐ。

「おっかさんのどんなことを思い出すんですか？」

せいは染の隣に腰をかけて、聞いた。

「気が付くとね、おっかさんに心の中で話しかけているんだよ」

――おっかさん、今日も暑いね。

――おっかさん、こんなことがあったよ。

ただそれだけなのに、心が落ち着くのだと染はいった。

「俵屋の店も家も失った私を、おっかさんが慰めに出てきてくれるのかね」

口元を緩めながら語る染を、せいはじっと見つめた。

――おかみさん、今日も暑いですね。

――おかみさん、こんなことがあったんですよ。

この長屋に来て以来、せいは染に毎日、そう話しかけていた。明日から、その染がいない。

そのとき、奥の戸口ががたんと開き、かめとつるがおずおずと出てきた。みんなの視線がそちらに向いた。けちで有名な佐五郎とますの娘たちだ。

「おばちゃん、引っ越すの？」

「そうだよ。……おにぎり、食べるかい？」

染はかめとつるにおにぎりをひとつずつ渡した。

「いいの？」

「どうぞ」

たつがせいに耳打ちをする。

「殊勝《しゅしょう》な顔をしているけど、あの娘たち、おますさんから、おにぎりをもらってこいっていわれて出てきたに違いないよ」

「おたつさんの考えの通りだわ、きっと」

「そっちの米は返してもらった？」

染が引っ越してきて間もなく、ますは米を一升、借りていった。必ず返すと頭を下げて。以来、なしのつぶてである。

「おたつさんとこは？」

たつのところは八升も貸している。

「何度怒鳴《どな》りこんでも、返す米はないの一点張り」

「おたつさんが返してもらっていないのに、うちに返してくれるわけがありませんよ。だからもう忘れることにしたんです。ね、おかみさん」

忘れることにしようと、昨晩、染がせいにいった。

――返す気のない人からもぎとることはできないよ。いい勉強になったと思って忘れた方がいい。その分の米代ここにおいとくね。

――米代なんていいですよ。そんな他人行儀なことしないでくださいな。

――親子でも、こういうことはきちんとしなきゃいけないんだよ。

そういわれたとき、せいの胸がきゅっとなった。

なぜ胸がきゅっとなったのか。今になって、せいはわかった。

せいにとって染は、いつのまにか母のような存在になっていたのだ。

「しかしなんだな。おせいちゃん。これでひとりになっちまう。誰かいい人、一緒に住みたいと思う人はいねえのかい？」

「……あいにく。今はまだ。しばらくはここでご厄介になりますよ」

このときせいの脳裏に浮かんだのは、春次郎の顔ではなかった。

会がお開きになって、布団に入ってもなかなかせいは眠れなかった。染も寝返りを繰り返している。

「短い間だけど、楽しかったよ」

やがて染が口を開いた。せいは目を開いた。

「私も楽しかったです、はじめはどうなるかと思いましたけど」

「怒ってたよね。私がここに来たとき、おせいは」

「わかりましたか？」

「ええ。わかりましたよ」

「おかみさんはなんでもわかるんですね」

「……」

「今、私が何を思っているかわかりますか？」

「……私が出ていくので、ほっとしてる？」

「おかみさん、それ、本気で思ってます？　違うに決まってるでしょ」

ちょっと憤《いきどお》っている声がせいの口からもれ出た。

「違う？　じゃ、なんだろ」

「……いかないでほしいって、私の顔に書いてありませんか」

「……」

「おかみさんに、ここにいてほしいって思ってるって……わかりませんか」

誰かいい人といわれて、とっさに思い浮かんだのは染の顔だった。

せいは体を起こし、布団の上に正座した。染も起き上がり、せいと向き合う。

「おかみさん、これからもここに一緒に住んでもらえませんか」

「そんなこと……そうしたいのは山々だけど一緒に住んでいたら、おせいに迷惑をかけるばかりだし。ますます、縁遠くなるかもしれないし」

ますますは余計だとむっとしかけたが、今はそこにこだわるときではない。

「そりゃいろいろありましたけど、私、楽しかったんです。今日は天気がいいねとおかみさんと話すだけでも。人と暮らすっていいなって。……それに私が所帯を持つのはどっちにしたって、当分先だろうし。そんときはそんとき、ご心配はいりません」

「心配しますよ。いい娘なんだから」

「借り賃は折半。米代も折半。今まで通り。それでいいですね」

染はせいの目を見つめ、うなずく。

「ありがとう。嬉しいよ。これからもどうぞよろしく」

「こちらこそ、よろしくお願いします」

ふたりは手をつき、お辞儀《じぎ》をしあう。まるで祝言《しゅうげん》みたいだと、染が笑った。

「そうと決まれば、長屋のみなさんに、なんといえばいいのか。あんなに盛大にお別れ会までしてもらったのに」

「引っ越すのをやめたっていったら、おイネさんとおたつさん、きっと大喜びして祝いの会をしようっていいだしますよ」

せいはさらりといった。

「そんな、二重に申し訳ない」

「それが長屋ですもん」

染の目じりに光るものがにじんでいた。せいも我知らず涙ぐんでいた。

ほんとにいいのか。おかみさんと暮らしていく気なのか。暮らしていけるのか。

そうしたいの。あれこれあるかもしれないけれど、いろいろあって乙に素敵じゃないか。

せいは心の中でつぶやいた。

笑ったり涙したり、喜んだり、腹を立てたり、悲しんだり、気をもんだり……

こうして時は過ぎていく。

長屋暮らしも悪くない。

遠くから按摩《あんま》の呼び笛が聞こえた。少し高くなった夜空に、笛の音が吸い込まれていく。煙抜きから涼しい秋の風がすーっと舞い込んだ。

一〇〇字書評

切り取り線

購買動機（新聞、雑誌名を記入するか、あるいは○をつけてください）	
□（　　　　　　　　　　　）の広告を見て	
□（　　　　　　　　　　　）の書評を見て	
□ 知人のすすめで	□ タイトルに惹かれて
□ カバーが良かったから	□ 内容が面白そうだから
□ 好きな作家だから	□ 好きな分野の本だから

・最近、最も感銘を受けた作品名をお書き下さい

・あなたのお好きな作家名をお書き下さい

・その他、ご要望がありましたらお書き下さい

住所	〒				
氏名		職業		年齢	
Eメール	※携帯には配信できません	新刊情報等のメール配信を 希望する・しない			

この本の感想を、編集部までお寄せいただけたらありがたく存じます。今後の企画の参考にさせていただきます。Eメールでも結構です。

いただいた「一〇〇字書評」は、新聞・雑誌等に紹介させていただくことがあります。その場合はお礼として特製図書カードを差し上げます。

前ページの原稿用紙に書評をお書きの上、切り取り、左記までお送り下さい。宛先の住所は不要です。

なお、ご記入いただいたお名前、ご住所等は、書評紹介の事前了解、謝礼のお届けのためだけに利用し、そのほかの目的のために利用することはありません。

〒一〇一－八七〇一
祥伝社文庫編集長　清水寿明
電話　〇三（三二六五）二〇八〇

祥伝社ホームページの「ブックレビュー」からも、書き込めます。
www.shodensha.co.jp/bookreview

祥伝社文庫

なんてん長屋《ながや》　ふたり暮《く》らし

令和７年１月20日　初版第１刷発行
令和７年６月５日　　　第５刷発行

著　者　五十嵐佳子《いがらしけいこ》
発行者　辻　浩明
発行所　祥伝社《しょうでんしゃ》
東京都千代田区神田神保町3-3
〒101-8701
電話　03（3265）2081（販売）
電話　03（3265）2080（編集）
電話　03（3265）3622（製作）
www.shodensha.co.jp
印刷所　堀内印刷
製本所　ナショナル製本
カバーフォーマットデザイン　中原達治

Printed in Japan ©2025, Keiko Igarashi ISBN978-4-396-35096-3 C0193

祥伝社文庫の好評既刊

五十嵐佳子
女房は式神《しきがみ》遣い！ その3 踊る猫又
あらやま神社妖異録

音楽を聴くと踊りだす奇病に罹った化け猫と、人に恋をしてしまった猫又の運命はいかに!? あやかし短編集！

葉室 麟
蜩ノ記 ひぐらしのき

命を区切られたとき、人は何を思い、いかに生きるのか？ 大ヒットし数多くの映画賞を受賞した同名映画原作。

葉室 麟
潮鳴り しおなり

『蜩ノ記』に続く、豊後《ぶんご》・羽根《うね》藩シリーズ第二弾。〝襤褸蔵《ぼろぞう》〟と呼ばれるまでに堕ちた男の不屈の生き様。

葉室 麟
春雷 しゅんらい

「〝鬼〟の生きざまを通して〝正義〟を問う快作」作家・澤田瞳子。日本人の凜たる姿を示す羽根藩シリーズ第三弾。

葉室 麟
秋霜 しゅうそう

「厳しい現実に垂らされた〝救いの糸〟のような物語」作家・安部龍太郎。感涙の羽根藩シリーズ第四弾！

葉室 麟
草笛物語

〈蜩ノ記〉を遺した戸田秋谷の死から十六年。蒼天に、志燃ゆ。泣き虫と揶揄される少年は、友と出会い、天命を知る。

祥伝社文庫の好評既刊

あさのあつこ **にゃん！** 鈴江三万石江戸屋敷見聞帳

町娘のお糸が仕えることなった鈴江三万石の奥方様の正体は――なんと猫⁉ 抱腹絶倒、猫まみれの時代小説！

あさのあつこ **もっと！ にゃん！** 鈴江三万石江戸屋敷見聞帳

町娘のお糸が仕えるのは、鈴江三万石の奥方さま（猫）。四方八方から魔の手が忍び寄り、鈴江の地は大騒ぎ！

あさのあつこ **かわうそ** お江戸恋語り。

〈川獺《かわうそ》〉と名乗る男に出逢い恋に落ちたお八重《やえ》。その瞬間《とき》から人生が一変。謎が、死が、災厄が忍び寄ってきた……。

あさのあつこ **天を灼《や》く**

父は切腹、過酷な運命を背負った武士の子は、何を知り、いかなる生を選ぶのか。青春時代小説シリーズ第一弾！

あさのあつこ **地に滾《たぎ》る**

藩政刷新を願い、追手の囮となるため脱藩した伊吹藤士郎。異母兄と共に江戸を目指すが……。シリーズ第二弾！

あさのあつこ **人を乞《こ》う**

政の光と影に翻弄された天羽藩上士の子・伊吹藤士郎と異母兄・柘植左京。父の死を乗り越えふたりが選んだ道とは。